Karl Bergbauer

Gosheven
Der Springer

Bibliografische Information der Deutschen Nationalbibliothek:
Die Deutsche Nationalbibliothek verzeichnet diese Publikation in der Deutschen Nationalbibliografie; detaillierte bibliografische Daten sind im Internet über http://dnb.dnb.de abrufbar.

© *2017 Karl Bergbauer*

Illustration: Gaby & Karl Bergbauer

Herstellung und Verlag: BoD – Books on Demand, Norderstedt

ISBN: 978-3-7431-1224-7

Inhalt

Part 1 7
Part 2 17
Part 3 25
Part 4 31
Part 5 42
Part 6 53
Part 7 67
Part 8 75
Part 9 97
Part 10 111
Part 11 152
Part 12 168
Part 13 189
Glossar 207
Mein Spezieller Dank 208
Weitere Bücher aus dem Haus Bergbauer: 209

Nichts ist unmöglich.
Finde selbst heraus,
was an meiner Geschichte wahr ist,
oder frei erfunden.
Viel Spaß beim Lesen.

Part 1

»Guten Morgen, es ist 8 Uhr und die Sonne begrüßt uns wieder mit freundlichen 23 Grad. Bis heute Mittag wird sie mit Sicherheit die 30 Grad Marke erreichen. Eine leichte Brise aus Nordost wird uns den Tag erfrischen. Sie hören WDUV auf 105,5 FM St. Petersburg. Die Nachrichten. Die Polizei sucht seit gestern Abend ein 12 jähriges Mädchen aus Ruskin. Sie hat lange blonde Haare, trägt ein rotes T-Shirt und einen hellblauen Minirock. Der Sheriff schließt nicht aus, dass es sich um eine Entführung handeln könnte. Für Hinweise …«

Im gleichen Moment erreicht Tom mit seiner Hand den Radiowecker und drückt die Taste, um dem Geplapper ein Ende zu bereiten. Stimmt, die Sonne strahlt wie üblich durch die Jalousien. Gott kann das Leben schön sein, das ist einer der Vorzüge, wenn man in Florida lebt. All zu gut konnte sich Tom noch an die Jahre erinnern, die er sein Leben lang in Deutschland als Thomas verbracht hatte. Regen, kalt, trüb, Eis und Schnee. Ach ja, Sommer gab es ja auch manchmal. Leider immer viel zu kurz, wobei Deutschland ansonsten ein herrlich schönes Land ist. Mit Sicherheit konnte er behaupten, dass man mit Sonnenschein bessere Laune hat und der Tag angenehmer verlief. Das sah man schon an den Menschen hier, jeder war gut drauf und hatte ein Lächeln auf den Lippen.

Ach was soll's, jetzt lebe ich hier und gut ist, dachte Tom. Mit Schwung verlies er sein Bett und ging ins Badezimmer. Mona, sein angetrautes Eheweibchen, die man in Deutschland noch Monika genannt hatte, war schon mit der Dusche fertig und befand sich im Ankleidezimmer. Auch so ein Vorzug von Florida. Gegenüber der 78-m²-Wohnung in Deutschland verfügten sie nun über 200 m² im eigenen Haus auf einer Ebene.

Gemeinsam saßen Mona und Tom beim Frühstück in der Küche und besprachen ihren Tagesablauf. Für Mona war es recht einfach. Sie besaß ihre eigene Werkstatt im Haus, wo sie ihr Kunsthandwerk herstellte. Mittlerweile bekam sie als anerkannte Fineart Künstlerin Einladungen zu den angesagten Art Shows im Land. Jetzt konnte Mona sich aussuchen, zu welchen Shows sie gehen wollte oder nicht. Allerdings lagen ihr all die kleinen Ausstellungen, mit denen sie hier begann, immer noch sehr am Herzen. Besonders das Kinderhospiz in Sankt Petersburg war eine der schönsten Shows oder so manche Kirchen, wo Mona ein gern gesehener Gast war. Und nicht nur weil sie den Erlös für einen guten Zweck spendete.

Bei Tom sah das schon anders aus. Tom war der Mann fürs Grobe. Seit Jahren schon wurde sein Name als top Handyman gehandelt. Werbung und Kundensuche lagen schon lange zurück. Zuverlässigkeit und saubere deutsche Wertarbeit zeichneten ihn aus und wurde von seinen Kunden sehr geschätzt. Wobei sich über die Jahre, aus den meisten Kunden sogar Freundschaften bildeten.

Nach dem gemeinsamen Frühstück gingen Mona und Tom wie üblich in ihr Büro. Mona lies es sich nicht nehmen erstmal Kontakt mit ihren Freundinnen aufzunehmen, die mittlerweile in der ganzen Welt verstreut waren, während Tom seine Kunden anrief und Termine vereinbarte. Vor 9 oder 10 Uhr konnte er sich kaum bei jemand blicken lassen. Florida ist voll von Rentnern. Und Rentner haben es hier nicht eilig. Obwohl, wer hatte es hier schon eilig. Viele kamen nur über die Wintermonate und verbrachten den Sommer in ihrem Heimatstaat. Die sogenannten Snowbirds.

Von einigen Kunden hatte Tom den Schlüssel zum Haus und er erledigte seine Aufträge im Sommer, während die Besitzer an ihrem Heimatort die Zeit verweilten. Dieser Deal war für beide Parteien eine gute Lösung. Tom war nicht im Zeitdruck und konnte die Arbeiten, wann immer er Luft hatte, erledigen und der Kunde war in keiner Weise eingeschränkt.

Für heute war eine neue Zwischenwand in einem Wohnzimmer angesagt. Das Material hatte Tom schon gestern vor Ort gelagert. Diese sollte einen Arbeitsplatz vom restlichen Wohnraum abtrennen. Kein großer Akt für Tom. Am Nachmittag musste er auf jeden Fall noch zu Valerie. Sie hatte schon zwei Mal angerufen, um den Termin auch wirklich zu bestätigen. Tom wusste genau, dass sie auf jeden Fall mit Kaffee und Kuchen auf ihn warten wird. Meistens gab es nur eine Kleinigkeit zu tun, aber die Zeit für ein Schwätzchen bezahlte sie gerne. Valerie war in ihren jungen Jahren eine Trapezkünstlerin und zog mit dem Zirkus durch die Vereinigten Staaten. Jetzt, seitdem sie alt war und keine Verwandten mehr hatte, kaufte sie sich ein Häuschen um sich hier in Sun City niedergelassen. Hier war es viel angenehmer als in Michigan, was ihre eigentliche Heimat war, besonders im Winter.

Das Gerüst für die Zwischenwand war schnell aufgebaut und verankert. Jetzt wurden die Gipsplatten montiert und verputzt. Nach dem Abschliff trug Tom noch die Strukturierung auf und schon war das Projekt fertig.

»Morgen das Ganze noch streichen und die Sache ist gelutscht, ab zu Valerie«, entschied Tom, nachdem er mit seiner Arbeit zufrieden war.

»Tom my dear, schön dich zu sehen, ich hab uns einen Kaffee gemacht, möchtest du ein Stück Kuchen dazu?« Ha, hab ich es mir doch gedacht, schoss es Tom durch den Kopf.

»Oh, das ist aber lieb von dir Valerie«, antwortete Tom. »Was gibt es denn Neues?« Und schon fing Valerie an zu erzählen. Es dauerte nicht lange und Tom erfuhr Geschichten aus ihrem Leben im Zirkus. Immer waren es Geschichten, die für Tom sehr abenteuerlich, aber auch sehr interessant waren. Es ist eben eine ganz andere Art zu leben, als wir sie kennen.

Dank Valerie bekam Tom auch viele Kontakte nach Gibsonton zu den alt eingesessenen Zirkusfamilien, die dort seit jeher überwintern, um im Frühjahr wieder nach Norden zu ziehen. Auf ihrer Route durchwandern sie die Vereinigten Staaten, um mit ihren Darbietungen die Menschen zu erfreuen.

In den Wintermonaten steht in Gibsonton die Wiege für neue Attraktionen, Dressuren oder Fahrgeschäften. Alles, was ein Jahrmarkt oder ein Zirkus zu bieten hat. Für Außenstehende eine Welt für sich. Lediglich die Alten oder ein geringer Teil der Familie bleibt zurück um ihr Anwesen zu verwalten. Gut für Tom, für ihn war jeder Besuch ein Erlebnis. In Gibsonton lag der Duft der großen weiten Welt. Kein Ort war exotischer wie dieser. Die prachtvollen Häuser waren vollgestopft mit seltsamen Dingen, die aus der ganzen Welt zusammengetragen wurden. Wurde man erst einmal von einer Familie akzeptiert, standen einem alle Türen offen. Jedes Teil hatte seine Geschichte, die sich Tom liebend gerne anhörte.

Tom kam gegen 17 Uhr nach Hause und traf Mona wie üblich in ihrer Werkstatt an. Aus der Hi-Fi-Anlage klangen deutsche Schlager die Mona immer noch bevorzugte. Im Hintergrund vernahm Tom das rattern der Dekupiersäge.

»Na Schatz, wie sieht es mit einem Cappu auf der Terrasse aus?«

»Na da sag ich doch immer ja. Schön das Du schon zuhause bist, schau mal was ich heute begonnen habe. Ist der Engel nicht schön?« Mona liebte Engel über alles. Tom betrachtete gewissenhaft ihr Werk.

»Man, da hast du dir ja wieder was vorgenommen. Schau dir nur die vielen feinen Konturen an.«

»Ach du wieder. Grobschlosser. Ich schaff das schon.«

Gemeinsam saßen sie auf der Terrasse und ließen den Tag Revue passieren. Im Anschluss warf Tom den Grill an und Mona verschwand in die Küche um die Salate, die sie am Tag vorbereitet hatte, zu holen.

»Hast du gehört, dass in Ruskin ein junges Mädchen verschwunden ist«, fragte Mona, als sie voll beladen zurückkam.

»Ja, das kam schon heute Morgen in den Nachrichten. Letzte Woche ist doch erst ein Mädchen in Gibsonton verschwunden, die haben sie noch nicht gefunden oder weißt du näheres?« fragte Tom.

»Nein, beide sind um die 12 Jahre und wohnten in einem Trailerpark. Mehr ist noch nicht bekannt«, antwortete Mona.

»Wenn man hier jemanden verschwinden lassen möchte, gibt es genügend Möglichkeiten. Ach übrigens, Pam hat angerufen. Wenn du Zeit hast, möchtest du bitte ins Restaurant kommen, ein paar Küchengeräte sind ausgefallen.«

Pam ist die Besitzerin eines Catering Services und besitzt eine Fast-Food-Kette im Großraum Tampa und Sankt Petersburg. Sie und ihre Tochter Linda führen das Unternehmen. Da Tom so gut wie alles reparieren und bauen konnte, war er ihr bevorzugter Ansprechpartner. Pam zahlte sofort und in bar. Bei Tom gab es keine Diskussion über Kosten oder Zeit, während Sie bei anderen Firmen knallhart verhandeln konnte. Tom genoss ihr volles Vertrauen.

»Ja, kein Problem. Wenn ich die Zwischenwand fertig habe, fahre ich vorbei, um zu sehen, was anliegt. Bestimmt sind es wieder die Thermostate« Tom respektierte die Arbeit der beiden Frauen. Als Pams Ehemann eines Tages spurlos verschwand, führte sie die Firma weiter und baute das Geschäft aus. Am folgenden Tag traf Tom gegen Mittag in ihrem Restaurant ein. In weiser Voraussicht hatte er schon einige Thermostate im Auto, womit er auch recht behielt. Innerhalb von zwei Stunden waren die Herde repariert, sodass der nächste Einsatz kommen konnte. Pam war darüber glücklich, es war nicht so einfach jemanden zu finden, der gerne an 220V Geräten herumhantierte. Das war schon Starkstrom für die Meisten. Tom konnte darüber nur schmunzeln. Da für heute nichts Weiteres anlag, entschied sich Tom zu seinem Freund Bill und seiner Frau Kate auf einen Kaffee zu fahren. Somit war er auch schon fast zu Hause. Bill und Kate wohnte nur einige Straßen von Tom entfernt und freuten sich immer wenn sie Besuch bekamen.

Bill stand am Ende seines Stegs, der an einem kleinen See hinter seinem Haus lag, und war tief in seinen Gedanken versunken.

»Hi Bill, beißen die Fische nicht oder treibt sich wieder ein Alligator herum«, rief Tom schon von weiten und schlenderte auf Bill zu. Aus seinem Tagtraum gerissen und zurück im Hier und jetzt drehte sich Bill um.

»Oh Tom, schön dich zu sehen. Nein, ich dachte gerade an Niko. Seit Tagen hat er sich nicht gemeldet, das ist schon sehr ungewöhnlich für ihn.«

Nikolajew Smirnow, von Allen nur Niko genannt war Bills enger Freund. Auch Tom kannte ihn sehr gut. Niko kam in seiner frühen Jugend aus Russland in die Vereinigten Staaten und landete beim Zirkus. Als namhafter Clown reiste er später viele Jahre in der Welt herum, bis er sich letztendlich hier zur Ruhe setzte. Trotz seiner 78 Jahre war sein Befinden recht gut. Bill, ehemaliger Rechtsanwalt aus Buffalo hatte mit seinen 72 Jahren dagegen recht viele Flausen im Kopf. Ohne Bill würde Niko sicher nur in seinem Garten sitzen und in der Vergangenheit leben.

»Wenn du nichts Besseres zu tun hast, lass uns doch zu Niko fahren, dann sehen wir ja, was los ist«, meinte Tom.

»Oh ja, daran habe ich auch gerade gedacht«, erwiderte Bill sofort. »Komm wir nehmen meinen Pick-up.«

Wenige Minuten später erreichten Bill und Tom das Haus von Niko. Auf ihr Klingeln folgte keine Reaktion. Also lief

Tom ums Haus, um zu sehen ob Niko auf der Terrasse saß und schlief. Nichts.

»Sein Auto steht in der Garage«, meinte Tom, als er zurückkam. Ich konnte es durch das Seitenfenster sehen.«

»Dann lass uns reingehen, ich habe ein Scheiß Gefühl«, kam sofort von Bill. Gut, das in Florida selten jemand seine Haustür verschließt, also betraten sie das Haus. Beide riefen Nikos Namen und verteilten sich in den Räumen. Bis Bill sehr laut nach Tom rief. Sofort eilte Tom in das Schlafzimmer, wo sich Bill befand. Durch die zerbrochene Decke ragte ein lebloses Bein, das Bill an der Fußfessel nach einem Puls abtastete.

»Ich glaub das war es mit ihm, er ist eiskalt und einen Puls fühle ich auch nicht«, meinte Bill ganz bedrückt. Während Bill die Polizei und Feuerwehr rief, stieg Tom in den Dachboden um sich nochmals zu vergewissern, ob Bill recht hat. Dem war allerdings nichts hinzuzufügen. Niko schien schon ein oder zwei Tage tot zu sein.

Oft war ich der Meinung Bill kennt alle und jeden. Knapp 2 Wochen später meldete sich Ron Myers, bei ihm und teilte Bill mit, dass Niko an Herzversagen starb. Keiner wusste, weshalb Niko in den Dachboden gestiegen ist. Immerhin herrschen dort rund 40° bis 60° je nach Jahreszeit. Ron war der hiesige Bezirks Sheriff und informierte Bill natürlich ganz im Vertrauen. Immerhin war Bill mit Niko weder verwandt noch verschwägert.

Bill hatte die Vollmacht nach Nikos Tod seinen Nachlass zu veräußern und den Erlös einer Stiftung für Kinder zu übergeben. Also musste nun das Haus geräumt, und zum Verkauf hergerichtet werden. Nach Nikos Beerdigung machten sich Bill und Tom daran, Nikos Habseligkeiten zu sortieren. Verkaufen, Spenden, Entsorgen. Tom räumte den Dachboden frei und reparierte die eingebrochene Decke, während Bill sich die ersten Räume vornahm.

»Bill, schau mal, die kleine Truhe habe ich dort gefunden, wo Niko verstarb. Ansonsten war dort in der Ecke nichts Weiteres. Kann es sein, das Niko deswegen im Dachboden war?«

Bill schaute sich fragend die Truhe an. Gerade einmal so groß, wie eine Konservendose aber fein verarbeitet und mit silbernen Beschlägen und kleinen Riegeln.

»Ja schon möglich hast du schon reingesehen?«

»Nein, sie scheint einen Trickverschluss zu haben. Ich hab keine Ahnung wie die aufgeht.«

»Merkwürdig, die behalten wir erstmal und kümmern uns später darum.«

Part 2

Für Tom lief nebenbei der Alltag weiter. Seine Aufträge nahmen kein Ende. Immer mehr neue Kunden kamen mit neuen Wünschen. Tom fand auch jedes Mal eine ideale Lösungen für seine Kundschaft. Sein Ruf, kostengünstig, schnell und sauber zu arbeiten, eilte ihm voraus. Obwohl manches Mal einige der Wünsche ins extreme fielen. Das Motto „Geht nicht, gibt's nicht" hatte auch bei Tom seine Grenzen.

Kunden mit einer Anfahrtzeit von 2 Stunden oder mehr lehnte Tom generell ab. In diesem Radius befand sich reichlich Potenzial, um seinen Lebensunterhalt zu bestreiten. Besonders gut verdiente Tom, in den geschlossenen Siedlungen die mit Gates und Wachpersonal gesichert wurden. Ab einem Gate erhöhte sich sein Stundenlohn automatisch um 50%. Tom erschien das angemessen gegenüber dem Einkommen der dort ansässigen Personen. Abgesehen von den Häusern auf Räder in den Trailerparks sind die gewöhnlichen Steinbauten, wie auch Toms Haus, schon sehr geräumig. Was man aber in diesen Siedlungen antrifft, sprengt jeglichen Rahmen. 1500 m² Wohnfläche zählten auf jeden Fall noch als klein und bescheiden.

In einem dieser größeren Häuser, vermittelte Pam einen Auftrag an Tom. Pam sollte dort eine Party ausrichten und der Besitzer suchte nach einem diskreten Schreiner, der individuelle Gebrauchsmöbel für seinen speziellen Partyraum anfertigen kann. »Oh ha«, dachte sich Tom, als er die Anforderungen des Besitzers zu hören bekam.

»Das ist ja mal was Neues …, aber machbar.« Nach einer ausgiebigen Besprechung über Maße, Belastung und Ausstattung fertigte Tom einige Skizzen an, um sich den Auftrag vom Besitzer absegnen zu lassen. Schon alleine die Anzahlung, die Tom von dem Kunden erhielt, deckte alle Kosten für den nächsten Monat. Dafür konnte man etwas diskret sein, dachte sich Tom und ging mit frischem Elan an sein Werk.

Nach knapp 2 Wochen war der Job erledigt und Tom überglücklich die Möbel der besonderen Art aus seiner Werkstatt zu bekommen. Für den Transport mietete sich Tom einen geschlossenen LKW, er wollte es vermeiden, das einer seiner Nachbarn etwas davon mitbekam. Die Security am Gate seines Kunden hatte Anweisung ihn ohne Kontrolle passieren zu lassen. Das unauffällige Entladen der Möbel erwies sich ebenso problemlos, da das Gebäude über eine verdeckte Seiteneinfahrt zur Garage verfügte. Zum entladen und transportieren der Möbel in den „Partyraum" bekam Tom Hilfe von einem muskelbepackten Kerl, der sich zwar freundlich aber als sehr maulfaul entpuppte. Als Tom zum ersten Mal den sogenannten Partyraum betrat, blieben ihm vor Staunen die Worte weg. Von wegen Raum, eine komplette Etage war für seine Gäste und Neigung entsprechend ausgestattet. Während Tom mit seinem Helfer die Möbel aufstellte, versuchte eine Hausangestellte einen Rotweinfleck aus dem dicken Teppich zu entfernen. Plötzlich lief es Tom eiskalt den Rücken herunter, als ihm der Gedanke kam, bitte lass es wirklich Rotwein sein. So wie es den Anschein machte, wurden hier nicht nur harmlose Spielchen abgehalten, sondern ausgiebig harter SM betrieben. Toms Kunde beglich nach Abschluss der Arbeit die Restsumme in bar und mit dem Hinweis auf seine absolute Diskretion erhielt Tom zusätzlich ein fettes Trinkgeld. Tom bedankte sich und verließ mit einem flauen Gefühl im Magen das Haus. Von wegen, Tom fühle sich richtig schlecht und ihm war kotzübel als er das Gate hinter sich lies.

Jetzt war es wieder an der Zeit, seinem Freund Bill zu unterstützen. Viele der exotischen Exponate aus Nikos Haus wurden auf einer Versteigerung veräußert und brachten ein immenses Sümmchen ein. Lediglich die kleine Truhe vom Dachboden behielt Bill zurück. An den Abenden versuchte Bill das Rätsel zu lösen, aber auch er schaffte es nicht, die Truhe zu öffnen. Anhand der Muster, die in Holz eingelassen waren, schätzten wir, das sie indianischen Ursprungs sein musste.

Wie schon erwähnt, kannte Bill scheinbar Gott und die Welt. Selbst Don Ryder, Professor an der Universität von South Florida hatte niemals vorher eine solche Truhe gesehen. Wobei er eine Koryphäe für amerikanische Geschichte war. Die Truhe blieb für alle ein Geheimnis.

Auf dem Heimweg von der Uni kam Tom auf die Idee, an einem Laden in Sun City zu halten. Der Besitzer war indianischer Herkunft und verkaufte dort Kunsthandwerk, die in Indianer Reservaten hergestellt wurden.

»Cool, ein Versuch ist es wert. Was haben wir zu verlieren« meinte Bill.

Cody Hawk, betrachtete lange die Truhe. Steckte sich eine Pfeife an und schloss die Augen. Nach circa 5 unendlichen Minuten meinte er.

»Ich habe von solchen Truhen gehört, die in alten Geschichten genannt wurden. Sie waren im Besitz weniger Medizinmänner und bergen ein Geheimnis, das nur sie kennen. Gesehen habe ich allerdings noch nie eine.«

»Ich lade euch zu einem Pow Wow ein, das ist ein Indianertreffen, dort könnt ihr meine Stammesbrüder treffen, die euch mehr darüber sagen können.«

Nach 4 Tagen erhielt Bill eine Nachricht von Cody, in der er die Wegbeschreibung erhielt, wo das Pow Wow stattfinden wird.

Völlig aufgeregt doch voller Hoffnung machten sich Bill und Tom auf den Weg in die Everglades. Für beide war es eine Strecke, die sie noch nie zuvor gefahren sind. Für gewöhnlich benutzten beide immer die Interstate 75 um nach Miami zu kommen, doch heute führte der Weg über den Highway 41. Nachdem sie Naples hinter sich gelassen hatten, wurde auch die Besiedlung recht spärlich und endete gänzlich. Plötzlich rief Tom ganz aufgeregt:

»Die Gegend kenn ich, fahre noch etwa neun Meilen, dort geht eine kleine Straße rechts ab. Dort sind einige Seen. Circa eine Meile nach dem zweiten See geht es links und von dort müssen wir noch zwei Minuten zu Fuß weiter.«

Bill sah ungläubig zu Tom, »woher kennst du den Weg.«

»Ich hab keine Ahnung, ich war noch nie in meinen Leben in dieser Gegend«, antwortete Tom.

»Aber alles ist mir so vertraut. Ich verstehe das selbst nicht.« 20 Minuten später erreichten sie den Treffpunkt, exakt nach der Beschreibung, die Tom genannt hatte.

Cody erwartete schon beide und ging mit ihnen durch den Wald zu seinen Stammesbrüdern. Nach einer kurzen Begrüßung begann das Pow Wow, was gut eine Stunde dauerte. Tom war beeindruckt, was er in dieser Zeit fühlte und erlebte. Er tauchte in eine Welt, die ihm zuvor völlig unbekannt war und doch so vertraut, als wäre es ein Teil von ihm.

Im Anschluss der Rituale kam die Truhe ins Gespräch. Wieder wurde sie lange betrachtet und genau untersucht. Nach einer kurzen Absprache in ihrer Sprache teilte ihnen der Älteste mit, dass es sich hierbei um eine Cin-Box handelt. Sie kann nicht geöffnet werden, birgt aber ein Geheimnis in sich, das nur ihr Besitzer nutzen kann. Nach weiten Minuten des Schweigens wurde endlich die erste Frage an sie gestellt.

»Wer von euch hatte diese Cin-Box zuerst in der Hand.« Bill zeigte stumm auf Tom, worauf sich schweigend drei aus der Gruppe in ein Zelt zurückzogen. Nach wenigen Minuten kehrten sie zurück und reichten Tom eine Schale mit einer klaren Flüssigkeit.

»Tom trink einen Schluck und du wirst sehen«, forderte ihn der Älteste auf. Tom schaute zu Bill und zögerte. Alle Augen waren auf ihn gerichtet nur im Hintergrund klangen monoton die Trommeln. Bill nickte leicht mit seinem Kopf und Tom nahm einen Schluck. Ein süßlicher Geschmack rann seine Kehle herunter, doch etwas Bitteres haftete auf seiner Zunge.

Nach einer Minute fühlte Tom von innen eine Wärme, die sich im ganzen Körper ausbreitete. Alles um ihn wurde leicht und seine Sinne schärften sich. Der Älteste, der Tom die Schale übergab reichte ihm nun die Cin-Box. Er forderte ihn auf: »Sag mir deinen Namen Bruder«, Tom antwortete nur mit einem Wort »Achak« in diesem Augenblick stoppten die Trommeln, Tom verdrehte die Augen und sackte in sich zusammen. Bill verstand die Welt nicht mehr.

»Was war das denn?«, fragte er perplex.

»Achak bedeutet Geist«, antwortete der Älteste.

»Tom trägt das Geheimnis der Cin-Box in sich. Sein Geist lebte schon viele Male. Mach dir keine Sorgen. In einer Stunde ist er wieder voll bei sich.«

»Das ist leider alles, was ich für euch tun kann. Um mehr zu erfahren, solltet ihr eine Reise nach New Hempshire unternehmen. In den White Mountain lebt Pohawe, eine der letzten Medizinfrauen, die ich kenne. Nur sie wird euch weiterhelfen können. Wendet euch an Chochuschuvio, er lebt dort unter dem Namen White Deer. Mögen die Geister unserer Vorfahren mit euch sein.«

Mit dieser Wendung der Geschichte hatten weder Bill und erst recht nicht Tom gerechnet. Auf der Heimfahrt wollte Tom immer noch nicht akzeptieren das ausgerechnet er etwas mit der Cin-Box zu tun haben sollte. Schon als Kind fühlte sich Tom mit Amerika sehr verbunden und jeden Urlaub, den er hier verbrachte, war eine innere Wohltat. Aus diesen Grund entschlossen sich auch Mona und Tom, hier zu leben. Seit dem Tag, als Tom hier ankam, hatte er immer das Gefühl Zuhause zu sein. Aber das er schon einmal hier in einem früheren Leben gelebt haben soll, überstieg seinen Horizont.

Bis spät in die Nacht saßen Mona und Tom sowie Kate und Bill auf der Terrasse und sprachen über den Abend im Pow Wow. Mona und Kate teilten ein gemeinsames Interesse. Übersinnliches und das Leben nach dem Tot. Was zur Folge hatte, dass dies die Gelegenheit war, dem Thema eine persönliche Grundlage zu geben. Lediglich Tom konnte sich mit dem Gedanken nicht recht anfreunden.

Die nächsten Tage füllte Tom vollkommen mit Arbeit aus. Er musste unbedingt seinen Kopf freibekommen. Sobald Ruhe einkehrte, schwirrten tausend Gedanken durch seinen Kopf. Wie konnte es möglich sein, in solch eine Geschichte zu geraten? Mona und Kate saßen unterdessen an ihren Computern und recherchierten in allen Richtungen. Wie auch immer, an der Tatsache änderte sich nichts. Wollten sie Gewissheit haben, blieb ihnen nichts anderes übrig, als die Reise ins Ungewisse zu unternehmen.

Part 3

Endlich Wochenende, Mona und Tom waren am Nachmittag bei Bill und Kate zum BBQ eingeladen. Nach dem Frühstück wollte Mona schnell zu Bealls, sie brauchte unbedingt noch ein paar neue Kleider und bei Publix einige Zutaten für die Salate.

»Dann lass uns doch zusammenfahren, bei mir liegt ansonsten nichts an. Was soll ich hier alleine rumhängen«, meinte Tom.

»Na klar gerne, maul aber nicht wieder rum, wenn ich nach Kleidern suche. Ich möchte shoppen nicht hetzen.« Tom blickte Mona gekonnt mit seiner Unschuldsmine an.

»Nein, ich doch nicht, ich bin doch die Ruhe selbst.« Mona musste grinsen, verdrehte die Augen und räumte den Tisch ab.

Tom wartete vor den Umkleidekabinen als Mona sich in einer der Kabinen umzog, als Linda gerade aus einer Anderen hervortrat.

»Hey Tom, das ist ja ein Zufall dich hier zu treffen. Wie geht es dir.«

»Gut, danke und selbst. Was machen die Geschäfte. War euer Kunde zufrieden, du weist schon, der mit den „Sonder-Möbeln".«

»Oh ja, ich war zwar nicht dort, aber Mom und sein eigenes Servicepersonal. Die Party war ein voller Erfolg habe ich gehört. Mom macht so was immer alleine.«

»Ich glaube da hast du auch nicht viel versäumt.«

»Sorry, aber ich muss weiter Tom. Sag deiner Frau bitte liebe Grüße von mir.«

»Danke, werde ich ihr ausrichten. Grüße an Pam.«

»Wer war das«, fragte Mona, als sie in einem der neuen Kleider aus der Kabine trat.

»Das war Linda, die Tochter von Pam. Sie besitzen die Restaurant-Kette, für die ich ab und an arbeite.«

»Ah, ich hörte sie in der Nebenkabine telefonieren. Ich vermute sie hatte Ärger mit ihrem Gesprächspartner wegen des Personals, ich glaube sie sagte, dass sie zu jung wären oder so.«

»Das kann schon sein, wenn sie irgendwo Alkohol ausschenken müssen, dürfen sie nicht unter 21 Jahren sein. Hey, das sieht schick aus. Das solltest du auf jeden Fall nehmen mein Schatz.«

»Du Schmeichler, du möchtest ja nur aus dem Laden raus. Ich nehme es aber trotzdem.«

Um 18 Uhr trafen Mona und Tom pünktlich bei ihren Freunden ein. Nachdem die Salate in die Küche gebracht wurden, gingen Bill und Tom jeder mit einem Bier in der Hand auf die Terrasse und warfen den Grill an.

»Was macht die Planung mit der Reise nach New Hempshire«, fragte Bill.

»Kate erzählte mir, dass sie mit Mona vereinbart hat, dass sie unbedingt mit dabei sein wollen.«

»Ja, Mona würde mir den Kopf abreißen, wenn wir alleine fliegen würden. Sie war schon sauer, dass wir alleine auf dem

Pow Wow waren. Ist doch klar, eine solche Gelegenheit will sich keine der beiden entgehen lassen.«

»Na dann lass uns doch die Flüge buchen. Auf die Strecke mit dem Auto hab ich echt keinen Bock«, meinte Bill.

»Oh danke, ich auch nicht. Kannst du die Flüge und einen Mietwagen buchen, ich gebe dir anschließend das Geld. Was hältst du eigentlich davon, wenn wir im Anschluss unsere Damen für ein paar Tage an die Niagarafälle entführen?«, fragte Tom und nahm einen Schluck von seinem Bier.

»Cool, warum nicht. Das wird eine super Überraschung mein Freund. Also verplappere dich nicht« antwortete Bill und setzte ebenso seine Flasche an.

Nachdem Kate und Mona den Tisch auf der Terrasse gedeckt hatten, fragte Mona Tom ganz entsetzt.

»Hast du eigentlich mitbekommen, dass schon wieder zwei Mädchen verschwunden sind?«

»Nein, wo denn diesmal?«

»Wieder aus Ruskin«, meinte Kate.

»Hat man schon eine Spur, Lösegeld kann man wohl nicht von dort erwarten?«, fragte Tom.

»Nein nichts dergleichen«, erwiderte Bill.

»Das ist schon merkwürdig, innerhalb so kurzer Zeit verschwinden gleich vier Kinder«, bemerkt Tom.

»Ja und alle sind um die 11 bis 12 Jahre alt mit blonden langen Haaren«, erzählte Kate.

»Das nimmt wohl nie ein Ende, die Menschheit ist so irre. Ich hab nächste Woche einen Termin in Ruskin. Mal sehen, ob ich dort mehr Informationen bekomme«, erwiderte Tom. Gemütlich ließen sie, den Abend ausklingen. Auf dem

Heimweg sprachen Mona und Tom noch über die bevorstehende Reise in die White Mountains.

»Was meinst du Tom, wie lange werden wir dort bleiben?«

»Ich habe keine Ahnung, Cody hat mit dem Indianer Kontakt aufgenommen. Die Medizinfrau ist jedenfalls noch am Leben. Es hieß ja, das sie sehr alt ist. Pack auf jeden Fall für eine Woche, dann bist du auf der sicheren Seite.«

Sonntagabend rief Bill bei Tom an, »Hey, ich habe die Flüge und eine Limousine sowie ein Hotel in Laconia und Niagara Falls gebucht. Allerdings gibt es keine Direktflüge. Wir haben einen Zwischenstopp in Atlanta mit rund einer Stunde Aufenthalt. Anschließend geht es weiter bis Manchester und von dort noch eine Stunde mit dem Auto. Sorry, ging nicht anders. Für die andere Tour, na du weißt schon, fliegen wir von Manchester über NY nach Buffalo. Der Rückflug ist ebenso. Buffalo – NY - Tampa. Am Mittwoch früh geht es los. Schaffst du das mit deinen Terminen?«

»Ja klar, da hab ich noch Luft. Wenn wir von Manchester erst nach NY müssen, erfahren unsere Mädels erst dort, wo der nächste Stopp ist. Na die werden Augen machen. Hast du schon den Betrag, was du von mir bekommst?«

»Schon in Ordnung, ich übernehme die Flüge und die Autos, dafür darfst du die Hotels und das Essen übernehmen.«

»Klingt gut Bill. Wir sehen uns dann am Dienstag und nicht verplappern.«

Am Montagmorgen fuhr Tom zu seinem Kunden nach Ruskin. Mike hatte dort eines der alten Collage Gebäude gekauft. Uraltes Fachwerk aber in einem top Zustand. Umringt von einem noch älteren hohen Baumbestand. Einer der vielen Bäume fiel letzes Jahr einem Hurrikan zum Opfer. Lediglich die riesige Wurzel und rund 10m Baum lagen noch quer im Garten. Das übrige des Baumes wurde schon abgetragen und entsorgt. Mike war gerade dabei am Fuß der Wurzel einen Teich zu bauen, mit einem Wasserlauf, der im Kreis unter dem Stamm zurück in den Teich floss. Für die Installation der Pumpen und die Zuleitung der Stromkabel wurde Tom benötigt.

Mike war der Besitzer eines Gebrauchtwagenhandels mit einer Reparaturwerkstatt in Ruskin, somit kannte er so gut wie jeden im Ort. Im Laufe des Gesprächs fragte Tom:

»Mike, was hört man den von den Mädchen, die verschwunden sind? Kennst du die Familien?«

»Logo, ich kenne sogar die Mädchen. Drei hübsche schlanke Girls. Bei ihnen hatte das Fast Food noch nicht zugeschlagen. Man, die Eltern sind ganz schön fertig. Ich weiß noch, dass die letzten beiden immer zusammen aus dem Haus gegangen sind, um sich gegenseitig zu schützen. Und, was hat es geholfen?, jetzt sind beide verschwunden. Als die Erste in Gibsonton verschwand, war hier noch alles in Ordnung. Erst als die Erste hier in Ruskin verschwand, wurden alle unruhig. Du solltest die Leute jetzt mal sehen. Gnade dem, wenn sie einen erwischen. Du weißt, hier leben viele Rednacks und Mexikaner. Die fackeln nicht lange und die brauchen keinen Sheriff. Der ist von jetzt auf gleich irgendwo verschwunden. In den Everglades findet den niemand mehr.«

»Das kann ich mir gut vorstellen Mike. Du, ich bin ab Mittwoch für gut eine Woche oben an der kanadischen Grenze. Nur dass du bescheid weißt.«

»Was machst du denn da oben, reichen dir die Kunden hier im Umkreis nicht mehr?«

»Nein, ganz im Gegenteil ich muss mal ausspannen, und wenn ich hier bleibe, habe ich doch keine Ruhe vor meiner Kundschaft.«

Toms kleine Notlüge konnte ja nicht schaden. Es musste nicht gleich jeder erfahren, aus welchem Grund er diese Reise unternahm. Dabei war es ja nur eine halbe Lüge. Er wollte genau genommen wirklich anschließend bei den Niagarafällen ausspannen.

Part 4

Am Mittwochmorgen lief alles wie geplant. Tom und Mona fuhren zu Bill und Kate, parkten dort ihren Wagen und fuhren gemeinsam mit Bills Auto zum Flughafen nach Tampa. Bill parkte aus Bequemlichkeit im Parkhaus, wo das Auto sicher bis zu ihrer Rückkehr verbleiben konnte. Von dort fuhren sie mit der Bahn direkt ins Haupt Terminal. Nach dem einchecken bei Delta, verblieb noch genügend Zeit für einen gemütlichen Kaffee. Planmäßig hob die Maschine in Richtung Atlanta von der Startbahn ab und erreichte nach gut einer Stunde Flugzeit ihr Ziel. Der Zwischenstopp von rund einer weiteren Stunde verging rasend schnell, weil der Flughafen so groß ist und man sich sputen musste, um pünktlich zu seinem nächsten Abflug zu kommen. Und schon saßen sie in der Maschine nach Manchester.

»Bill du verrückter Hund, wir sitzen in der Business Class. Hast du zu viel Geld, oder gehört dir die Gesellschaft?«, fragte Tom entsetzt.

»Maul nicht rum, da hinten gibt es nur schmale Dreier oder Zweiersitze, und einen Knoten in deine Beine musst du dir auch machen. Immerhin dauert der Flug gut 3 Stunden. Es reicht doch das wir die Kurzstrecke in der Holzklasse geflogen sind.«

Die Business Class zeichnete sich damit aus, dass sich auf jeder Seite nur Zweiersitze befanden. Kate und Mona beschlagnahmten sofort die Fensterplätze, somit saßen Bill und Tom am Mittelgang und konnten sich unterhalten. Die superbreiten Sitze und die riesengroße Beinfreiheit machten den Flug um ein Vielfaches angenehmer.

Völlig entspannt erreichten die Freunde Manchester und nahmen an der Autovermietung einen Ford Crown Victoria in Empfang. Jetzt lag nur noch eine Stunde Fahrzeit bis Laconia vor ihnen. Abgelenkt von der zauberhaften Landschaft verging die Fahrt in Windeseile. Bill hielt an einem Strand-Motel etwas nördlich der Stadt mit dem Namen The Naswa Resort an. Laut Beschreibung hatte es saubere und geräumige Zimmer, etwas veraltet jedoch sehr komfortabel.

Nachdem sie ihr Zimmer betraten, konnten sie dem nur zustimmen. Ein herrlicher Ausblick auf den See rundete ihre Erwartung noch positiver ab. Jedes der beiden Zimmer verfügte über zwei sehr große Betten, das sehr geräumige Badezimmer gefiel ihnen auch sehr, besonders der Damenwelt. Was wollte man mehr. Kate und Mona verschwanden sogleich in ihre Badezimmer, um sich frisch zu machen. Also gingen Tom und Bill zur Strandbar, um sich ein Bier zu gönnen. An der Bar telefonierte Bill mit White Deer und vereinbarte einen Termin zum Abendessen hier im Restaurant. Mittlerweile gesellten sich auch ihre Damen im neuen Outfit zu Bill und Tom an die Bar. Bei einem Cocktail genossen sie gemeinsam den herrlichen Ausblick über den See.

Schneeweiße Boote glitten über das spiegelglatte Wasser und luden regelrecht zum Träumen ein. Erst jetzt merkten die vier Freunde die Anstrengung der Reise. Möglicherweise kam auch noch die frische Prise vom See hinzu, als sich Toms Bauch mit einem lauten Knurren bemerkbar machte und alle aus ihren Tagträumen riss.

»Oops, da hat wohl jemand hunger oder ist hier irgendwo ein Bär ausgebrochen?«, kam prompt von Bill.

»Ich denke, es ist auch Zeit für einen Snack«, erwiderte sofort Tom. »Was haltet ihr von ein paar Chickenwings oder Burger? Soweit ich das sehen konnte, gibt es auch eine Salatbar.«

»Oh gut, etwas Leichtes würde mir erstmal genügen«, meinte Kate, worauf Mona gleich zustimmte.

»Also gut lasst uns das Restaurant stürmen. Wenn alle vom Essen reden, bekomme ich auch hunger«, meinte Bill im Anschluss.

Satt und zufrieden mit dem hervorragenden Essen kamen sie aus dem Restaurant und gingen zum Auto. Auf Wunsch der Damen wollten sie in die City von Laconia, um eine kleine Shoppingtour bis zum Abendessen mit dem Indianer zu unternehmen. Auf der Main Street reihten sich kleine Geschäfte aneinander, die zum Bummeln und Stöbern einluden. Nicht weit neben dem Kolonial Theater entdeckten sie das Geschäft von White Deer. Ebenso wie Cody vertrieb er indianisches Kunsthandwerk und Musikinstrumente.

Zu ihrem Bedauern verwies ein Schild darauf hin, dass das Geschäft heute leider geschlossen ist. Beim Blick durch das große Schaufenster wurde Mona völlig nervös und zottelte ungeduldig an Toms Ärmel.

»Schaaaaatz, sieh mal die Figuren mit der Kerze in der Mitte, die möchte ich haben.«

Tom suchte die Auslage ab und entdeckte eine Gruppe Tonmännchen, die sich im Kreis an den Händen hielten und ein Teelicht umringten.

»Liebling, der Laden hat geschlossen.«, Mona fühlte sein grinsen in seinem Gesicht.

»Das ist mir egal. Die möchte ich trotzdem haben« forderte Mona.

»Was erwartest du jetzt von mir?, soll ich die Scheibe einschlagen, die Figur schnappen und wegrennen?«

»Blödmann, wir können ja Morgen wiederkommen. Da hat White Deer bestimmt wieder offen. Wir sehen ihn ja heute noch.« Diesen Satz unterlegte Mona noch mit einem Hieb in Toms Rippen.

»Lasst uns zurück zum Motel fahren, dann können wir uns noch etwas frisch machen, bevor wir White Deer treffen«, kam nun von Bill.

Im Wartebereich vor dem Restaurant trafen sich alle wie verabredet und wurden von White Deer und seiner Frau Nadie begrüßt. White Deer hatte schon einen Tisch etwas abseits reserviert, an den sie die freundliche Bedienung im Anschluss führte. Unmittelbar nach dem die kleine Gruppe Platz genommen hatten, wollten sich zwei Männer mit Cowboyhüten an einen der Nachbartische setzen. Worauf sofort die Bedienung kam und die Herren darauf hinwies, dass die Tische in diesem Bereich reserviert waren. Etwas mürrisch verließen sie den Tisch und gingen an den Tresen.

»Dieser Tisch hat nicht so viele Ohren wie die anderen«, erklärte nun White Deer. »Wenn es wirklich das ist, was mir meine Brüder aus Florida erzählten, sollten wir vorsichtig sein wer davon erfahren soll.« Bill schaute in die fragenden Gesichter aller in der Runde und meinte zu White Deer: »Ist denn diese Cin-Box so etwas Besonderes?«

»Nach meiner Kenntnis handelt es sich um die letzte ihrer Art«, erwiderte White Deer ernst.

Nadie erklärte jetzt, dass sie die Nachfolgerin von Pohawe, der Medizinfrau ist, und an der Zeremonie teilhaben wird. Doch zuvor sollten wir uns nicht all zu viele Gedanken machen und das Dinner genießen. White Deer hatte den Ablauf des Abends schon organisiert und die Speisen in der Küche vorbestellt. Einer seiner Stammesbrüder bereitete für uns extra indianische Gerichte zu, die ausnahmslos köstlich und reichhaltig waren.

Die präzise Bedeutung und den unschätzbaren Wert dieser Cin-Box erläuterte Nadie nach dem Essen jedoch nicht. Da scheinbar Tom in Verbindung mit der Cin-Box stand, erläuterte Nadie ihm den Ablauf des morgigen Tages:

»Es bedarf keinen Aufschub, da morgen Nacht Vollmond ist. Dies ist die beste Voraussetzung für ein zufriedenstellendes Ergebnis.« Kate, Mona und Bill hingen regelrecht an ihren Lippen, um jedes ihrer Worte genauestens aufzufangen. Tom hingegen saß wie in Trance Nadie gegenüber und sagte kein einziges Wort.

»Tom, du musst uns dein absolutes Vertrauen schenken, nur so wirst du die Kraft, die in der Cin-Box steckt voll nutzen können. Wir werden einige Rituale vollziehen, die dir von dem letzten Pow Wow in Florida bekannt sind. Achte besonders auf den Flötenspieler und vertiefe dich in seine Melodie. Das erleichtert uns, mit dir eine Rückführung in deine früheren Leben zu unternehmen. Dort wirst du lernen, die Kraft der Cin-Box zu nutzen. Wir werden am frühen Nachmittag beginnen und bis zum Sonnenaufgang die Zeit damit verbringen. Im Anschluss wirst du über ein Wissen verfügen, das den meisten Menschen verwehrt bleibt. Bist du dazu bereit?«

»Wieso gerade ich?«, meinte Tom und schüttelte fragend den Kopf.

»Weil es deine Bestimmung ist, Tom. Wir alle haben unsere Bestimmung, jeder hat seinen Platz und seine Aufgaben, die er erfüllen sollte. Wenn nicht in diesem Leben, dann halt in deinem Nächsten. Erst wenn du alle Aufgaben erfüllt hast, wirst du Frieden finden und in eine höhere Ebene aufsteigen.«

Am Tisch herrschte allgemeines Schweigen, aber alle Augen waren auf Tom gerichtet. Tom blickte verwirrt in die Runde und stoppte bei Mona, deren Kopf ein leichtes zustimmendes Nicken andeutete.

»Aber was ist, wenn ich gar nicht der Richtige bin, diese Cin-Box gehörte doch Nick, was habe ich damit zu tun? Ich bin ja noch nicht einmal Amerikaner. Ich wurde in Deutschland geboren und bin dort aufgewachsen.«

»Tom, es ist deine Bestimmung. Dein Lebensweg hat dich und die Cin-Box zusammengeführt.« Dieses Mal antwortete White Deer mit ernstem Gesicht.

»Also gut, wenn es denn so sein soll, werde ich mich dem stellen. Was habe ich schon zu verlieren. Jetzt brauch ich aber erst mal einen Whisky.«

Nach einer weiteren Stunde meinte Bill, »Wir sollten unsere Zimmer aufsuchen, ich glaube das wird morgen ein anstrengender Tag.«

»Na du hast gut reden, du wirst nur zusehen, während man mich auf eine Zeitreise schickt. Aber recht hast du ja. Ich sollte schon ausgeschlafen und fit für Morgen sein.«

White Deer und Nadie begleiteten ihre Gäste noch bis zu ihren Appartements, deren Eingänge zum Parkplatz lagen. Kate sah es zu erst. »Bill, unsere Tür«, rief sie laut in die Unterhaltung der Anderen. Verstummt standen alle vor dem Appartment und sahen auf das Schloss, das eindeutig aufgebrochen war. Mona stimmte sofort mit ein. »Unseres auch Tom.« Beide Appartments lagen nebeneinander und beide Türschlösser waren aufgebohrt.

»Mein Gott die Cin-Box« entwich es sofort Nadie.

Bill sagte kein Wort und eilte auf den Parkplatz vor dem Restaurant zu seinem Mietwagen. Für gewöhnlich parkt man sein Auto direkt vor dem Appartment, das man angemietet hat. Bill war wieder einmal zu faul die paar hundert Meter zum Restaurant zu laufen und auf dem Weg nach dem Essen zurück hatte er es einfach vergessen. Na klar, beide Zimmer waren durchwühlt aber nichts der persönlichen Sachen fehlte lediglich die Cin-Box war verschwunden. Einige der Schubladen waren herausgerissen und die Matratzen waren aus den Betten gehoben. Gerade verließen sie die Appartments als Bill mit dem Wagen vorfuhr.

»Bill die Cin-Box ist weg«, rief ihm Kate entgegen.

»Keine Panik Schatz«, erwiderte Bill und grinste. »Die liegt hier im Kofferraum. Ich hab sie vergessen, ins Appartment zu räumen.«

White Deer schüttelte seinen Kopf und musste Lachen.

»Packt eure Sachen ich, bringe euch an einen sicheren Ort. Wer es einmal versucht hat, probiert es sicher auch ein zweites Mal.«

Während die Vier ihre Reisetaschen packten, tätigte White Deer schnell noch einige Telefonate. Nadie eilte inzwischen zur Rezeption, um den Einbruch zu melden und dem Sheriff bescheid zu geben.

»Alles ok wir können los«, erklärte sie, als sie sogleich mit ihrem Wagen zurückkam.

»Tom, Mona, bitte fahrt mit Nadie. Bill, Kate, ihr fahrt mit mir. Wir werden mit Sicherheit nicht alleine auf der Strecke sein. Hast du die Cin-Box Bill?«

Verunsichert und nervös verteilten sie sich in die beiden Autos und fuhren los. Nadie voran und White Deer mit seinem schweren Pick up hinterher. Nach wenigen Minuten verließen sie die Stadt und befanden sich auf freier Strecke. White Deer behielt die Autos die ihnen folgten genau im Blick. In unregelmäßigen Zeitabständen fuhren sie langsam, um den hinteren Verkehr überholen zu lassen.

Circa 10 Meilen hinter der Stadt verebbte der Verkehr, aber zwei Fahrzeuge hinter ihnen wollten einfach nicht überholen.

An einer Seitenstraße, standen zwei weitere Pick ups die sich dem kleinen Convoi anschlossen. Nach einer Meile beschleunigte White Deer und vergrößerte den Abstand zwischen den Autos, die ihnen folgten. Bill sah im Rückfenster, dass einer der Pick ups synchron die beiden Fahrzeuge überholte und sich direkt hinter White Deer platzierte. Mittlerweile befanden sich auf der Landstraße keine weiteren Fahrzeuge aus der Gegenrichtung. Bill konnte noch sehen, dass der zweite Pick up nun neben dem Ersten fuhr, sodass die Straße mehr oder weniger blockiert war und alle vier Autos zurückfielen. Von Minute zu Minute verlor Bill sie gänzlich aus den Augen. Nach weiteren 5 Meilen sah Bill auch, weshalb sie keinen Gegenverkehr hatten. Ein Sattelschlepper stand quer auf der Straße und Blockierte beide Spuren. Erst als sich Nadie näherte, setzte sich der LKW in Bewegung und gab ihre Spur frei, sodass sie die Stelle passieren konnten. Hinter dem LKW hatte sich ein erheblicher Stau gebildet, aber es folgte ihnen kein einziges Auto.

»Das war doch jetzt nicht etwa eine abgesprochene Aktion«, unterbrach Bill das Schweigen im Auto.

»Oh doch Bill, es ist immer gut, Freunde zu haben. Wie hätten wir sonst so galant unsere Schatten abhängen können. Scheinbar sind noch mehr an dieser Cin-Box interessiert.«

Nach weiteren 20 Minuten bogen Nadie und White Deer in eine unbeschilderte Nebenstraße ab, die sich mehr oder weniger als Waldweg entpuppte. Wenig später hielten sie vor einer nicht all zu kleinen Blockhütte mitten im Wald.

»Na, wenn das kein Abenteuerurlaub ist, dann weiß ich auch nicht«, meinte Tom, als er aus dem Wagen stieg.

»Ja, das war eine abgesprochene Aktion von White Deer« erwiderte Bill.

»Ich weiß, Nadie hat vorne alles per Funk coordiniert. Das klappte wie am Schnürchen. Hut ab für diese Präzision.«

White Deer schmunzelte und meinte »Kommt, last uns ins Haus gehen. Hier findet euch keiner so schnell.«

Die Blockhütte verfügte sogar über zwei Schlafzimmer und einem Badezimmer. Die Küche war in dem geräumigen Wohnzimmer integriert. Nachdem White Deer den Generator angeworfen hatte, war es recht komfortabel mit allem, was man benötigte. Nach einem letzten Kaffee verabschiedete sich Nadie, und White Deer meinte noch:

»Ich hole euch morgen früh ab, und dann gehen wir Frühstücken, alles Andere findet ihr schon im Haus. Macht euch keine Sorgen.«

»Von wegen, keine Sorgen«, meinte Mona, als die Beiden das Haus verlassen hatten. »So etwas muss man erst einmal verdauen. Das hat man nicht alle Tage. Einbruch, Verfolgung und wer weiß, was noch alles kommt.«

»Da hat Mona ganz recht, ich glaub ich werde zu alt für solche Aktionen«, erwiderte gleich Kate.

»Na hallo, was soll ich denn sagen, wer weiß schon, was mit mir morgen alles geschieht«, antwortete Tom.

Mona und Kate mussten lachen. »Wir passen schon auf, dass du nicht im Nirgendwo hängen bleibst«, kam sogleich von Mona.

»Wann bekommst du denn nochmals so eine Chance in deine früheren Leben zu reisen.«

»Ist ja nichts passiert, morgen noch mal und übermorgen geht es ja wieder nach Hause«, warf Bill dazwischen und zwinkerte Tom mit einem Lächeln zu.

»Ja«, sagte Kate, »lasst uns schlafen gehen, ich bin fix und fertig.«

Part 5

Eine unruhige Nacht lag hinter ihnen. Absolut keine Geräusche waren zu hören, noch nicht einmal ein vorbeifahrendes Auto. Das war für alle sehr ungewohnt. Im Haus herrschte absolute Ruhe. Obwohl keiner von ihnen so richtig fest schlief, schreckten sie kurz vor 6 Uhr in ihren Betten auf.

»Waren das Schüsse?«, Kate saß senkrecht in ihrem Bett und zitterte.

Kurz darauf klopfte es an der Schlafzimmertür.

»Kate, Bill, seit ihr wach? Habt ihr das auch eben gehört?«

Mona stand vor ihrer Tür.

»Ja komm rein, das waren doch Schüsse oder was denkst du?«, fragte Kate als Mona in das Zimmer trat.

»Eh man, wir sind hier mitten im Wald«, meinte Bill. »Es soll Leute geben die auf die Jagd gehen, um die Uhrzeit.

Tom stand nun auch im Türrahmen.

»Ja, Bill wird schon recht haben. Wir machen uns nur verrückt mit der Geschichte. Komm Mona, wir gehen wieder ins Bett.«

Aber an Schlaf war natürlich nicht mehr zu denken. Also verließ Mona wenig später leise das Schlafzimmer, um Kaffe zu machen. Nach dem sie wieder leise die Tür hinter sich geschlossen hatte, um Tom nicht zu wecken, erschrak sie sich fast zu Tode. Reflexartig entwich ihr ein Schrei, als sie in der Küche eine Person entdeckte.

»Gott Mona, was soll der Schrei, mir ist fast das Herz stehen geblieben.« In der Küche stand Kate im Dämmerlicht und hielt sich die Hand vor die Brust.

Beide mussten jetzt herzlich lachen.

»Kannst du auch nicht schlafen, Kate, ich wollte schon mal Kaffee kochen.«

»Da kommst du aber zu spät Mona, ich habe gerade welchen aufgesetzt. Komm setz dich zu mir.«

Wenig später kam Tom aus dem Schlafzimmer, nuschelte nur, »Verrückte Hühner« und verschwand im Badezimmer. Auch Bill hielt jetzt nichts mehr im Bett und gesellte sich zu den Andern.

Nach und nach verschwand jeder im Badezimmer, um sich für den heutigen Tag fertigzumachen. Mittlerweile war es 20 nach 8 und White Deer klopfte an der Tür.

»Guten Morgen habt ihr gut geschlafen«, fragte er in die Runde.

»Ja, bis auf die Jäger heute Morgen. Die Schüsse haben mich echt erschreckt.« gab ihm Kate zurück und Mona stimmte dem zu.

White Deer musste lächeln, »nun ja, so kann man die beiden auch nennen.«

»Wie meinst du das denn«, fragte Tom mit seiner Tasse Kaffe in der Hand.

»Nun ja, die beiden, die uns gestern verfolgt haben, fanden die Zufahrt, wo wir die Straße verlassen haben. Dort haben sie ihre Autos geparkt und gingen zu Fuß weiter um euren Unterschlupf zu finden.«

»Aber auf wen haben sie geschossen, hier an der Hütte war doch niemand?«, fragte Bill ganz erstaunt.

Jetzt musste White Deer richtig lachen. »Weißt du Bill, meine Stammesbrüder dachten sich, dass ihre Suche weit genug ging, und haben ihnen eine andere Aufgabe gegeben mit der sie sich beschäftigen können. Vermutlich versuchen sie gerade einem Arzt zu erklären, wie das Schrot in ihre Hinterteile gelang. Das sollte sie erstmal für eine Weile ablenken und uns in ruhe lassen.«

Verdutzt schauten sich alle an, ehe ein solidarisches Lachen den Raum erfüllte.

»Kommt Freunde, last uns frühstücken gehen wir haben einen langen Tag vor uns.«

Gemeinsam verbrachten alle ein ausgiebiges Frühstück bei Dennys, ein 24 Stunden Family Restaurant, bevor sie sich auf den Weg machten zum geheimen Pow Wow Treffpunkt.

Lange fuhren sie durch die Wälder in der nähe vom Lake Winnipesaukee. Eine Straße konnte man die Pfade schon nicht mehr nennen, die von ihnen befahren wurden. An einer Lichtung, die ringsum mit dichtem Büschen bewachsen war, hielten die beiden Fahrzeuge an. Da man von außen keinen Einblick auf die Lichtung erhielt, konnte keiner die vier weitere Geländewagen sehen, die dort schon parkten.

»Ab hier geht es zu Fuß weiter«, erklärte White Deer.

»Einige meiner Stammesbrüder leben hier, zumindest Zeitweise. Für die Behörden ist hier ein kulturelles Schutzgebiet, so etwas wie ein Indianer Reservat«, fuhr White Deer fort.

Nach einer viertel Meile erreichten sie ihr Ziel. Mehrere Zelte reihten sich im Kreis um einen Platz. Zwei Feuerstellen befanden sich am Rande zwischen den Zelten, an denen scheinbar Speisen zubereitet wurden. Hinter den Zelten konnten sie Holzgestelle erkennen, an denen Felle zum trocknen gespannt waren. Am hinteren Ende des Platzes befand sich ein Erdwall, in dem sich in seinem Inneren ein großer Raum befand. White Deer begrüßte die anwesenden Indianer und stellte ihnen Bill und Kate sowie Tom und Mona vor. Nach einer kurzen und freundlichen Begrüßung führte White Deer seine Gäste in den Erdwall, dessen Eingang die Größe einer normalen Doppeltür entsprach. Ab hier verlief der Eingang noch etwa einen Meter in einer leichten Schräge nach unten. Erst jetzt konnte man die wahre Größe des Raumes ausmachen. Tom schätzte den Raum auf circa 80-90 m². Kreisrund mit vier Nischen, die in die vier Himmelsrichtungen ausgerichtet waren. Im Zentrum des Raumes betrug die Höhe mindestens 5 m, die zu den Seiten auf 3 m abfielen und in der Mitte der Decke war eine Öffnung eingelassen, die als Rauchabzug und Belüftung gedacht war.

Mona und Kate konnten kaum glauben, einen solchen Raum hier vorzufinden. Staunend blickten sie sich um, und entdeckten in einer der Nischen Nadie und Pohawe, die Medizinfrau. Nadie war schon auf dem Weg zu ihnen und begrüßte alle sehr herzlich. Im Anschluss stellte sie ihre vier Freunde Pohawe vor und verwies ihr besonderes Merkmal auf Tom, der ehrfurchtsvoll auf die alte Medizinfrau blickte. Ihr graues langes Haar war zu einem Zopf hinten zusammengebunden und lag über der Schulter auf ihrer Brust. Ihr Gesicht war mit tausend Falten übersät und die Haut schien dunkelrot, vom Wetter und der Sonne wie Leder gegerbt. Ihre strahlenden Augen und fast zahnloses Lächeln wiederum reflektierten ihre freundliche Güte und zeugten von einer unermesslichen Weisheit.

Nadie übersetzte geschwind ihre Worte der Begrüßung »Ya 'at'eeh« »Ich grüße euch« Pohawe sprach ausschließlich nur Navajo, eine alte Indianersprache. Dann wand sie sich Tom zu. Nadie übersetzte wieder:

»Ich sehe in dir einen großen Krieger, dessen Stolz vor langer Zeit gebrochen wurde. Lass uns sehen was wir herausfinden werden.«

Tom kniete vor Pohawe und überreichte ihr die alte Cin-Box, die er geschwind aus einer Tasche holte, und stellte die Frage.

»Kannst du mir bitte dabei helfen, in welcher Verbindung diese Cin-Box mit mir steht?«

Pohawe griff nach der Cin-Box und lächelte gütig. Zart strich sie mit ihren faltigen Hände über die Oberfläche mit den Intarsien, den silbernen Beschlägen und den Riegeln. Ihr klarer Blick fing an zu strahlen und sie lächelte voller Stolz. Nadie übersetzte weiter.

»Nur ein Gosheven wird sie nutzen können für jeden anderen ist sie lediglich ein altes Relikt. Sollte der letzte Besitzer keinen Nachfolger finden, wird sie langsam zu Staub zerfallen und von dieser Erde verschwinden. Doch lass uns sehen, morgen wissen wir mehr darüber.«

Mona, Kate und Bill standen etwas abseits mit White Deer und beobachteten schweigend das Schauspiel mit Tom, Nadie und Pohawe.

»Last uns zusammen ein Mahl einnehmen, bevor wir mit der Zeremonie beginnen«, sprach Nadie und half der Alten von ihrem Platz.

Gemeinsam verließen sie den Raum und traten ins Freie. Die Mittagssonne stand hoch am Himmel, sodass sie sich erst wieder an das grelle Licht gewöhnen mussten. Der Versammlungsplatz war zwischenzeitlich rundum mit dicken Wolldecken als Sitzplätze ausgelegt, auf denen sie Platz nahmen. Als sich der Älteste oder Ranghöchste des Stammes von seinem Platz erhob, stoppte automatisch jedes Geräusch im Umkreis. Nicht einmal die Grillen waren zu hören, die ansonsten ihr Zirpen unentwegt einstimmten. Mit seiner tiefen rauen Stimme begrüßte er alle in dieser Runde und sprach ein Dankesgebet. Im Anschluss reichten junge Frauen jedem die Speisen in kleinen Holzschalen.

Kate und Mona saßen abseits bei den Frauen und waren mit ihnen im Gespräch vertieft. Bill und Tom hielten sich bei den Männern auf und gingen grob den Ablauf des Abends durch.

»Tom, der letzte Teil der Zeremonie wird sich um dich drehen. Pohawe wird dich in eine Trance versetzen, in der du in ein früheres Leben tauchen wirst. Du hast nichts zu befürchten, für dich wird es wie ein Traum sein, aus dem du wie gewöhnlich erwachst. Allerdings kann es sein, dass durch die Erkenntnis daraus, sich deine Einstellung zum Leben verändert. Wir werden sehen.«

White Deer erzählte weiter, »Achtet auf die Melodie der Flöte und lasst euch von ihr tragen, schließt die Augen und entspannt euch. Nocona, der die Danksagung vor dem Essen sprach, wird uns anschließend durch die Zeremonie führen.«

Kurz darauf ertönte das rhythmische Schlagen der Trommeln, worauf der harmonische Klang einer Flöte folgte. Wie von White Deer angekündigt blieb die Wirkung der Melodie nicht aus. Das Gefühl von Schwerelosigkeit setzte ein, schloss man die Augen, wurde man wie eine Feder vom Wind getragen und schwebte über eine herrliche unberührte Landschaft. Sorglos und frei. Im Gleitflug wie ein Adler hoch oben am Himmel, durchflog man das Land mit all seiner Schönheit.

Erst als die letzten Töne der Flöte verklangen, begann der alte Nocona mit der Zeremonie. Viele Dankesgebete an die Elemente, die Götter und die Ehrung der Vorfahren folgten. Kräuter wurden verbrannt und Rituale durchgeführt. Mehrmals wurde eine Schale mit einem Getränk herumgereicht aus der jeder einen Schluck nahm. Zwischendurch setzte fast unbemerkt die Dämmerung ein. Während im Hintergrund weiterhin das rhythmische Schlagen der Trommeln zu vernehmen war.

Nadie kam zu Tom, führte ihn in den Circle of Friends und forderte ihn auf sich auf die Wolldecken zu legen, die gerade ausgebreitet wurden. Pohawe kam zu ihm, kniete sich an seine Seite, legte eine Hand auf seine Brust und die andere auf seine Stirn. Nun begann sie, in Navajo auf Tom einzureden. Minuten später löste sie ihre Hände von Tom und er begann zu reden. Gut eine Stunde später war das Pow Wow beendet und die Gruppe löste sich auf. Die Gedanken von Tom befanden sich noch in der Vergangenheit, in der er sich eben noch befand. War es die Wahrheit oder nur ein Traum. Nein, er hatte alles gefühlt und erlebt. Und schon befand er sich wieder im Hier und jetzt, hier bei seiner Frau und seinen Freunden.

Nadie und White Deer versammelten sich mit den Freunden Bill und Kate sowie Tom und Mona in dem großen Raum im Erdwall, wo jemand in der Zwischenzeit die Nachtlager für sie vorbereitet hatte.

»Gott, das war ja krass,« fing Mona an. »Wenn man bedenkt, dass jeder von uns so eine Vorgeschichte hat.

»Jetzt hab ich schon so viel darüber gelesen«, erwiderte Kate, »aber das Ganze live zu erleben steht auf einem ganz anderen Blatt.«

Bill meinte noch, »und in der Schule bekommt man so einen Scheiß erzählt. Da sieht man wieder einmal, dass jede

Geschichte seine zwei Seiten hat. Je nachdem wer sie erzählt.«

Tom saß schweigend zwischen ihnen und konnte immer noch nicht ganz glauben, was er eben selbst erlebt und gefühlt hat.

»Mein Bruder, du weißt nun was du einst erlebt hast und warum dich dein Weg hier hergeführt hat. Beende deine Mission und du wirst in Frieden deinen Weg gehen.« White Deer legte Tom seine Hand auf die Schulter und sah ihm dabei tief in die Augen. »Wann immer du Hilfe benötigst, werden deine Brüder für dich da sein. Sei dir meiner Worte bewusst.«

Tom lies nochmals seine Rückführung Revue passieren:

»Ich bin Achak, ein stolzes Mitglied der Cherokee. Wir schreiben das Jahr 1839, und werden von der Regierung gezwungen, in ein neues Territorium zu siedeln. Alle Männer, Frauen und Kinder befinden sich mit vielen anderen auf den beschwerlichen Weg nach Westen. Ich bin Anfang 20, ein junger Rebell und verstehe nicht, weshalb wir diesen weiten Weg ohne Widerstand gegen die Regierung hinnehmen. Weit weg von unserem Zuhause. Es ist noch Winter und ich sehe, wie viele Alte und Kranke auf der Strecke bleiben. Die Armee kümmert sich um keinen. Wer helfen möchte, wird angetrieben seinen Weg fortzuführen und jeden, der nicht weiter kann, seinem Schicksal überlassen. Immer wieder sehe ich, dass Soldaten bei einer Rast, junge Frauen aus den Familien nehmen und mit ihnen fortreiten. Niemals sah ich, dass eine von ihnen jemals zurückkam. Mein Zorn steigt mit jedem Tag ins unermessliche.

Wir ziehen weiter, Tag für Tag führt unser Weg durch Eis, Schnee oder Regen. An jedem Tag, an dem die Sonne scheint, sind wir dankbar über ihre wärmenden Strahlen. Meine Schwester ist gerade einmal 12 Jahre alt. Wir sitzen an einem bescheidenen Feuer und warten auf das karge Essen. Eine Gruppe von fünf Soldaten reiten schon das dritte Mal an uns vorbei, doch diesmal halten sie an, deuten auf meine Schwester und befehlen ihr zu ihnen zu kommen. Meine Schwester zögert und Angst steht in ihren Augen. Ich springe auf und stelle mich schützend vor sie. Ich schreie die Soldaten an »Nein, sie bleibt bei uns, sucht euch eine Andere.«

Doch die Soldaten lachen nur. Einer steigt von seinem Pferd und kommt auf mich zu. Ich höre einen Schuss und es wird dunkel. Dass Nächste, was ich von einer Baumkrone aus sehe, ist, wie meine Schwester auf ein Pferd gezerrt wird, und sie mit ihr davon reiten. Weit unter mir liegt mein regloser Körper, um den sich der Schnee rot färbt.

Tom verbrachte eine sehr unruhige Nacht. Immer wieder erschienen ihm die Bilder vor seinem geistigen Auge. Mona hatte ihre Mühe Tom zu beruhigen. Auch Bill und Kate schliefen recht wenig. Das Erlebte mit ihrem Freund Tom ging auch an ihnen nicht spurlos vorbei.

Der neue Morgen brachte Sonnenschein mit neuen Erkenntnissen, die Mut machten, um Toms Problem anzugehen. Obwohl, Probleme hatte Tom ja keine. Was geschah, lag lange Zeit zurück, dass man jetzt nicht mehr ändern kann.

Nach dem Frühstück überreichte Nadie Tom die kleine Cin-Box mit den Worten »Hier Tom, du wirst sie auf deiner Mission brauchen. Achte gut auf sie. Pohawe sagt, du weißt jetzt, wie sie zu nutzen ist. Du bist Gosheven, der Springer.«

Obwohl niemals ein Wort über den Gebrauch oder den Nutzen der Cin-Box gefallen war, wusste Tom instinktiv ihren Sinn und den Gebrauch.

Wortlos blicken sie sich an, nur Tom antwortete:

»Danke, ich glaube ich weiß, was zu tun ist«, und nahm die Cin-Box entgegen.

Part 6

»Kommt, beeilt euch, dann schaffen wir noch unsere Maschine«, rief Bill. Um das Gepäck musste sich keiner kümmern. Das wurde in Manchester aufgegeben und zum Zielflughafen durch gereicht. Der Flughafen in New York ist auch verdammt riesig für einen Zwischenstopp. Zumal der Flug von Manchester reichlich Verspätung hatte.

Bill hatte die Bordkarten und eilte zum Gate, wo das Boarding schon begonnen hatte. Die letzten Fluggäste verschwanden eben in der Gangway als Kate rief.

»Bill, halt, wir haben die falsche Maschine.«

»Komm schon, wir sind richtig«, rief Bill zurück.

»Tom, Kate hat recht, das ist nicht die Maschine nach Tampa. Dort oben steht Buffalo«, rief Mona.

Tom lachte nur: »Komm schon, da oben steht immer Buffalo. Wir sind schon richtig, glaub mir.«

Bill übergab der freundlich lächelnden Stewardess die Bordkarten und verschwand in der Gangway. Kate, Mona und Tom folgten.

Wieder befanden sich ihre Sitzplätze in der Business Class. Als alle ihren Platz eingenommen hatten, meinte Kate.

»Bill, die Maschine geht nach Buffalo, nicht nach Tampa.«

»Na und«, meinte Bill ganz trocken, »darf ich meine Frau nicht mal auf einen Kurztrip an die Niagarafälle einladen?«

Kate und Mona verschlug es die Sprache, Bill und Tom freuten sich über die gelungene Überraschung.

»Ich glaube das haben wir uns jetzt alle verdient«, meinte Tom. »Die letzten Tage waren aufregend genug.«

»Tom du Gauner, das hättest du mal lieber gleich gesagt Ich habe gar nichts zum Anziehen dabei. Wie soll ich denn da oben rumlaufen?« Dabei schlug Mona Tom auf den Oberarm.

»Ja, da hat Mona vollkommend recht«, blaffte Kate gleich Bill an. »So etwas kann man doch nicht mit uns Frauen machen.« Und auch er bekam einen Hieb in die Seite.

»Nun macht mal langsam«, gab Bill lachend zurück.

»Ich habe gehört, dass es auch auf der kanadischen Seite Geschäfte geben soll, die Kleidung verkaufen. Wo wär denn da die Überraschung geblieben, wenn ihr es vorher gewusst hättet?«

Lachend schmiegten sich Mona und Kate an ihre Ehemänner. »Ihr habt ja recht«, murmelten Mona und Kate kleinlaut.

Bill übernahm am Flughafen das Auto und sie machten sich auf den Weg zur kanadischen Grenze. Kurz vor dem Grenzübergang fuhr Mona völlig aufgelöst hoch.

»Wieso Kanada? Tom, wir sind immer noch Deutsche, ich habe meinen Reisepass nicht dabei.«

»Stimmt, du nicht, dafür habe ich unsere Pässe eingesteckt.« Tom griff in sein Jackett und holte die Pässe heraus.

»Verdammt, ich hab mich eben zu Tode erschreckt, warum machst du das mit mir?«, fluchte Mona leise.

»Na ja, wie hätte ich dir erklären sollen, wofür wir in New Hempshire Pässe brauchen?«, meinte Tom lächelnd.

Bill lachte noch, als er den US-Übergang passierte und auf die Rainbow Bridge führ. Auf der anderen Seite des Niagara River lag schon Kanada. Von hier war es nicht mehr weit, bis sie am Marriott Hotel vorfuhren. Ihre Zimmer lagen in einem der oberen Stockwerke, von wo aus sich ein herrlicher Blick auf die beiden Wasserfälle darbot.

»Tom, schau doch mal, wie herrlich das ist«, schwärmte Mona, die am Fenster stand und sich nicht sattsehen konnte.

»Ich bin so glücklich, dass wir noch ein paar Tage hier verbringen können. Beim besten Willen wäre ich nicht auf die Idee gekommen, eure Mission in New Hempshire mit einem Trip an die Niagarafälle zu verbinden.«

»Das dachte ich mir mein Schatz, da der letzte Auftrag in Apollo Beach so lukrativ war, da war es wieder einmal für uns an der Reihe, sich eine Auszeit zu gönnen. Bill war natürlich auch gleich dazu bereit. Immerhin übernimmt er alle Flüge und die Mietwagen.«

»Aber das muss er doch nicht«, entfuhr es Mona entsetzt.

»Das war auch nicht meine Absicht, ich wollte alles mit ihm Teilen, doch Bill bestand darauf. Du kennst ihn ja lange genug.« Mona konnte nicht mehr antworten, es klopfte lautstark an der Tür. Kate stand völlig aufgelöst vor der Tür als Tom diese öffnete.

»Gott ist das herrlich hier«, platzte sie sofort heraus. »Seid ihr fertig, können wir runter, ich möchte unbedingt an den Aussichtspunkt. Bill ist schon mal in die Lobby vorgegangen.«

Tom musste lachen: »Ja klar doch Kate, wir sind schon auf dem Weg. Wie wäre es anschließend mit einem Bummel durch die Stadt? Bestimmt finden wir unterwegs ein gutes Restaurant, wo wir einkehren können.«

»Aber erst zum Aussichtspunkt« fiel ihm Mona gleich ins Wort.«

Knapp drei Stunden später saßen die Freunde in einem kleinen romantischen Restaurant in einer der vielen Nebenstraßen von Niagara Falls. Das Tosen des herabfallenden Wassers, das bis in den Ort zu vernehmen war, verklang langsam aus ihren Ohren. Nach einem hervorragenden Dinner machten sie sich gemächlich auf den Weg zurück in ihr Hotel. Der Abend hatte schon längst eingesetzt und alle Straßen waren hell erleuchtet. Touristen bevölkerten nun das Zentrum und liefen wahllos durcheinander von einer Attraktion zur anderen. Casinos, Bars, Varietés und unendlich viele Souvenirläden reihten sich wie eine endlose Lichterkette aneinander.

Ein anstrengender Tag neigte sich seinem Ende entgegen. Im Hotel angekommen, schmerzten die Beine von der weiten Strecke, die sie seit dem Nachmittag gelaufen sind.

»Last uns noch einen Trink in der Bar nehmen, bevor wir uns zurückziehen«, schlug Bill vor.

»Gute Idee« stimmte Tom zu.

»Und wie sieht es mit euch aus Ladys?«, fragte Bill.

»Absolut, wir müssen das Rauschen der Fälle noch aus den Ohren bekommen, sonst kann ich nicht schlafen«, stimmten Kate und Mona mit ein.

Aus dem einen Drink wurden am Ende doch noch für jeden drei. Tom vernahm im Laufe des Abends immer wieder eine Diskussion, die von einem Paar am Nachbartisch geführt wurde, wegen einer Party in Apollo Beach. Unmöglich konnten sie das Apollo Beach an der Westküste von Florida meinen, dachte sich Tom. Immerhin befanden sie sich hier in Kanada, gut zweitausend Kilometer davon entfernt. Unbeabsichtigt nahm er immer wieder Gesprächsfetzen der Beiden auf, bis sie die Bar verließen. Toms Blick folgte den Beiden, er in einem teuren dunklen Anzug, Sie in einem kurzen engen Lederkostüm, schwarze Strümpfe und High Heels.

»Tom ... hier bin ich« riss Mona ihn aus seinen Gedanken.

»Wie? ... ja klar, wo den sonst mein Schatz« Tom schreckte, kurz hoch und lächelte Mona an.

»Gut, nicht das dir noch die Augen herausfallen« gab ihm Mona zurück.

»Hat jemand etwas von dem Gespräch mitbekommen«, fragte jetzt Tom in die Runde.

»Ja«, antwortete Bill. »Ich glaube die beiden werden heute Nacht noch ein paar Spielchen machen. Wie ich Mittags in der Lobby mitbekommen habe, findet hier ein Treffen für SM-Liebhaber statt. Nach meiner Meinung passen die beiden dort gut dazu.«

»Du hast deine Ohren aber auch überall«, meinte Kate.

»Vergess nicht, ich war einmal Anwalt, das bringt der Beruf so mit sich« gab Bill lächelnd zurück.

Müde verließen auch sie letztendlich die Bar, um ihre Zimmer aufzusuchen. Der Tag war lang und morgen wollten sie nach Toronto auf den CN-Tower. Die Aussicht vom Fernsehturm auf den Ontariosee soll atemberaubend sein und das wollten sie sich nicht entgehen lassen, wenn sie schon einmal hier sind. Mona und Tom lagen schon eine Weile im Bett, doch Tom konnte einfach keine Ruhe finden und wälzte sich von einer Seite zur Anderen, während Mona tief und fest zu schlafen schien. Das Pärchen vom Nachbartisch schwirrte ihm ständig durch den Kopf. Irgendetwas war mit ihnen nicht in Ordnung, nur was es war, wollte ihm nicht in den Sinn kommen.

Tom verlies das Bett, um sich ein Wasser aus der Minibar zu holen, plötzlich viel ihm die Tasche auf, in der sich die kleine Cin-Box befand. Eine innere Stimme schien ihm zu sagen, dass die Cin-Box ihn ruft. Lange stand er unentschlossen davor und blickte auf die Tasche. War es wirklich möglich, das sie eine solche Macht besaß, wie ihm Pohawe prophezeite oder er selbst in seiner Rückführung darüber lernte. So recht konnte er nicht daran glauben. Was er spürte, war eine Kraft und innere Verbundenheit, die ihn wie einen Magnet anzog.

Tom kniete nieder, öffnete die Tasche und entnahm ihr die Cin-Box. Schon oft hielt er sie in seinen Händen, aber heute fühlte er das erste Mal wie ein kribbeln durch seine Finger, Arme und schließlich durch seinen Körper ging, bis sich der Kreis schloss. Seine Skepsis war damit gebrochen. Tom ging zu einem der bequemen Sessel und setzte sich. Seine Gedanken waren wieder bei dem Pärchen aus der Bar. Instinktive verschob er mit seinen Finger die verschiedenen Riegel, ohne die Cin-Box aus den Händen zu geben, um den Kreis nicht zu unterbrechen.

Toms Sinne verschwammen in einem Wirbel aus Gedanken. Plötzlich befand er sich wieder in der Bar des Hotels. Er stand an dem Tisch des Pärchens, ohne das sie ihn wahrnahmen. Zweifelnd blickte er sich um und entdeckte am Nebentisch sich selbst, Mona, Kate und Bill im Gespräch vertieft.

Wie konnte das sein, wie konnte er dort am Tisch sitzen und gleichzeitig hier neben dem Tisch stehen ohne das es jemanden auffiel. Wie dem auch sei, Tom belausche aufmerksam das Gespräch zwischen Don und Amy, wie er die Namen der beiden entnehmen konnte.

»Möchtest du wirklich noch einmal auf die Party in Apollo Beach«, fragte Amy.

»Ja, selbst verständlich«, antwortete Don.

»Ich habe schon fest zugesagt und eine Anzahlung überwiesen.«

»Ich weiß nicht, die Kleine war noch verdammt jung. Aus ihr hätte noch etwas werden können« erwiderte Amy.

»Seid, wann solche Skrupel meine liebe, von ihrer Sorte gibt es viele und was kümmert es uns. Was wir dort geboten bekommen, gab es noch nirgends. Weshalb soll ich mir das Vergnügen entgehen lassen?«

»Ja, wahrscheinlich hast du recht Don. Lass uns gehen, ich möchte nicht zu spät kommen.«

Die beiden standen auf und verließen die Bar.

Abermals drehte sich alles um Tom. Als das Karussell zum Stehen kam, fand er sich sitzend in dem Sessel in seinem Hotelzimmer. Wow, das war abgefahren dachte sich Tom. Entweder ich spinne total, oder die Sache funktioniert wirklich. Seine Gedanken versuchten das eben erlebte, zu verarbeiten.

Noch immer konnte er keinen direkten Sinn aus dem Gespräch ersehen, ihm fehlten einfach die Zusammenhänge des Gehörten. Tom legte die Cin-Box zurück in die Tasche und ging zu Bett. Alsbald fiel er in einen tiefen Schlaf.

»Tom, wach auf, raus aus den Federn. Du verschläfst noch unseren ganzen Urlaub.« Mona war fit, komplett gestylt und scheinbar schon lange wach. Durch die Fenster lachte die Sonne und kündigte einen herrlichen Tag an.

Gähnend erwiderte er den Weckruf seiner Gattin.

»Schon gut, ich komme.« Tom verlies das Bett und schlurfte noch etwas verschlafen ins Bad.

Nach einem ausgiebigen Duschbad sah die Welt schon ganz anders aus, sodass sich Tom für die Herausforderungen des Tages gewachsen fühlte. Mona stand wieder am Fenster und bestaunte den Ausblick auf die Wasserfälle.

»Schatz, ich kann es immer noch nicht glauben, dass wir hier sind. Ich habe schon mit Kate gesprochen, wir treffen uns gleich beim Frühstück. Bist du fertig?«

»Ja Liebling, ich habe einen Bärenhunger«, antwortete Tom. Über sein Erlebnis in der letzten Nacht war Tom noch nicht bereit zu sprechen, also erwähnte er auch kein Wort darüber. Bevor sie das Zimmer verließen, packte Tom die Tasche mit der Cin-Box in den kleinen Tresor, der sich im Zimmer befand, und verschloss diesen vorsorglich.

Bill und Kate erreichten zur gleichen Zeit wie Tom und Mona das Restaurant. Kate schwärmte ebenso wie Mona von dem fantastischen Ausblick, den das Hotel bot. Bill und Tom zogen es vor, sich das reichhaltige Frühstück schmecken zu lassen. Auf ihren heutigen Plan stand als Erstes die Fahrt nach Toronto an, von den Indianer einst „Ort der Begegnung" genannt. Als sie am CN-Tower ankamen, stellte Kate mit Schrecken fest, dass sich die Aufzüge an der Außenseite befanden. Nein, direkt Höhenangst hatte sie nicht, doch das Gefühl die Strecke nach oben an der Glasfront zu stehen bereitete ihr schon ein unwohles Gefühl in der Magengegend. Dem zufolge beschloss sie, sich mit dem Gesicht der Innenseite zu zuwenden. Mona tat es ihr gleich, nur um sicherzugehen, dass bei ihr nicht das gleiche Gefühl einsetzte wie bei Kate.

Der Besucherbereich in 342 Metern dagegen hielt, was die Prophezeiung versprach. Das Wetter war herrlich und die Aussicht umwerfend. An einer Stelle in der Aussichtsplattform befand sich sogar ein Glasboden, auf dem die Kinder fröhlich herumsprangen. Gut, ein Bogen um die Glasscheiben tat es auch, keiner von ihnen wollte es den Kindern gleichtun. Wieder heil am Fuße des Turms angekommen bummelten sie noch etwas durch die Straßen von Toronto. Die vielen Kulturen, die hier anzutreffen waren, zeugten wirklich davon, dass Toronto ein Ort der Begegnungen war. Am frühen Nachmittag beschwerte sich Kate.

»Lasst uns heimfahren, so viel wie in den letzten Tagen bin ich schon ewig nicht mehr gelaufen. Meine Beine wollen einfach nicht mehr.«

»Kate hat recht« fiel Mona mit ein. »Lasst uns doch mal etwas machen, wo man gefahren wird.«

»Was haltet ihr von einer Schiffstour in die Fälle«, schlug Bill vor. »Das ist bestimmt ein beeindruckendes Erlebnis, bevor wir morgen die Heimreise antreten.«

»Ja, last uns das Machen« klang es einstimmig von Kate und Mona.

In bester Laune machten sie sich auf den Weg zurück in ihr Hotel. Wie verabredet, hielt Bill an dem Landungssteg, von wo aus die Schiffe ihre Fahrt antraten. Jeder von ihnen erhielt beim Betreten des Schiffs ein Regencape.

»Oh, das bedeutet wohl, wir werden nass da draußen« brachte Tom verwundert hervor.

»Ja das sieht ganz danach aus«, antwortete Kate und faltete wie die beiden Anderen ihr Cape auseinander.

Verwundert schaute Tom noch auf sein verpacktes Cape, dass er in seiner Hand hielt.

»Na erst mal abwarten«, meinte er leise, mehr zu sich selbst redend. »Noch regnet es nicht.« Amüsiert betrachtete sich Tom die vielen blauen Müllsäcke, die nun auf dem Schiff herumliefen und ungeduldig auf die Abfahrt warteten. Sein Cape steckte noch sauber zusammengelegt in seiner Verpackung.

»Ich denke die haben sich etwas dabei gedacht, wenn sie schon jedem ein Cape aushändigen«, erklang Monas Stimme von schräg hinter ihm. Tom drehte sich zu ihr und musste schmunzeln.

»Du solltest aufhören zu trinken Schatz, du bist schon ganz blau« und Tom wechselte zu einem breiten Lachen.

»Wir werden ja sehen, wer zuletzt lacht«, erwiderte Mona und gab ihm einen Kuss.

Das Schiff hatte zwischenzeitlich abgelegt und steuerte auf die amerikanischen Fälle zu, die in einer geraden Linie parallel zur Fahrtrichtung auf der linken Seite lagen. Der Eindruck auf die Erhabenheit und Höhe war äußerst umwerfend, als das Schiff wie eine Nussschale daran vorbei schaukelte. Die Aussicht, die man von den oberen Aussichtspunkten bekam, war wesentlich geringer als von dieser Perspektive. Wenig später erreichte das Schiff die Kanadischen Horseshoe Fälle, Das tosende Wasser machte eine Unterhaltung an Bord fast unmöglich, je näher man heran kam. Tom lernte schnell, welchen Zweck die Capes erfüllen sollten. Das aufsteigende Wasser, das durch die gewaltige Kraft der herabstürzenden Wassermassen von allen Seiten das Schiff einnebelte, veranlassten Tom schnell zu handeln. Ehe er sein Cape entpackt hatte und darin verschwand, war sein Shirt reichlich durchnässt. Als er wieder aufschaute, stand Mona vor ihm und hatte ihr breitestes Lächeln aufgesetzt, dass sie zu bieten hatte. Sie brauchte nichts zu sagen, Tom wusste genau, was ihr Blick zum Ausdruck brachte.

Mittlerweile hatte das Schiff das Zentrum des Kessels erreicht und drehte sich im Kreis. In einem Winkel von gut 180° war das Schiff von den Wasserfällen umgeben. Atemlos standen die Menschen an Bord und bestaunten die Mächtigen Gewalten der Wassermassen, ehe sich das Schiff auf den Weg zurückmachte. Nachdem das Schiff die Mitte des Kessels verlassen hatte, verließen die Personen auch ihren Platz an der Reling und verteilten sich auf dem Deck.

Als zwei Männer an Tom und Mona vorbei liefen, vernahm Tom, wie der Eine zu dem Anderen meinte: »Ein guter Platz jemanden verschwinden zu lassen.« Bevor sie in das Innendeck verschwanden, erkannte noch Tom das Gesicht des Herren aus der Hotelbar von gestern Nacht. Auf was für Ideen manche Menschen kommen, sinnierte Tom. Hier tummeln sich Tag und Nacht Hunderte Touristen, wie soll man da jemand unauffällig verschwinden lassen. Für Privatboote ist dieser Abschnitt des Niagara River gesperrt.

Schnell verging er letzte Abend gemeinsam. Mona und Kate verschwanden nach dem Abendessen in den Zimmern und versuchten ihre neuen Kleider, die in den Tagen noch dazu kamen, in den Koffern unterzubringen, um für die morgige Abreise fertig zu sein. Bill und Tom genehmigten sich noch schnell ein Bier in der Hotelbar, um der Hektik, die in den oberen Zimmer stattfand zu entgehen. Toms Augen folgten einem elegant gekleideten Herrn, der soeben die Tür zu einem Nebenzimmer öffnete. Einen kurzen Augenblick konnte Tom in das Innere des Raums sehen und erblickte eine fast nackte Frau, deren Hände auf dem Rücken gefesselt waren. Sie kniete und ihr Kopf war nach unten gerichtet. Im gleichen Moment schloss sich schon die Tür hinter dem Mann.

»Merkwürdige Leute steigen hier ab«, murmelte Tom.

»Wie kommst du jetzt da drauf«, fragte Bill verständnislos, da er die Scene nicht mitbekommen hatte.

Tom beschrieb ihm kurz, was er eben gesehen hatte, und schüttelte dabei seinen Kopf.

»Ach so, das SM-Treffen.« Na wem es spaß macht, mein Ding ist es nicht«, gab Bill lachend zurück. »Komm las uns gehen, bevor wir noch eine Einladung von ihnen bekommen.«

Am folgenden Morgen traten sie etwas wehmütig die Heimreise an, obwohl sie sich auch wiederum auf ihr trautes Heim freuten. Daheim ist halt doch Daheim.

Part 7

Blaulicht erhellte die Straße am Ende von Wimauma. Vor einem brennenden Trailer, dessen Rauchsäule steil in den Himmel stieg, standen schon zwei Polizeifahrzeuge, die Feuerwehr und ein Rettungswagen. Es war noch früh am Morgen, noch bevor sich die Anwohner, die überwiegend aus Mexikaner und Puerto Ricaner bestand, auf den Weg zur Arbeit machten.
Verzweifelt kämpften die Feuerwehrleute gegen die Flammen, während die Polizei die Straße sperrte. Schaulustige Nachbarn kamen von überall her, um dem Schauspiel beizuwohnen.
20 Minuten später war der Brand gelöscht, jedoch blieb nur ein Teil des Trailers von den Flammen verschont. Beim Durchsuchen der Brandursache stieß ein Feuerwehrmann auf eine Leiche, die im Zentrum des Feuers gefunden wurde. Von den Nachbarn erfuhr die Polizei schnell, dass der alte Trailer schon lange unbewohnt sei und sich niemand erklären konnte, wie das Feuer zustande kam.
Wie sich umgehend herausstellte, handelte es sich hier um eine Kinderleiche, weshalb man gleich von einem Verbrechen ausging. Der Leichnam wurde erst geborgen, als die Spurensicherung eintraf und den Fundort genau Fotografierte und alle Details aufgenommen hatte. Nach dem Abtransport in die Gerichtsmedizin begann die Hauptaufgabe der Spurensicherung.

Man sah noch die Rücklichter des Leichenwagens am Ende der Straße verschwinden, als die ersten Presseleute eintrafen. Scheinbar wurde wie immer, der Polizeifunk abgehört und als bekannt wurde, dass die Spurensicherung gerufen wurde, war es klar, das hier ein Verbrechen zu vermuten war. Bei einem herkömmlichen Brand hätte sich sonst niemand die Mühe gemacht, hier vorbei zu schauen.

Da es von außen nichts mehr zu sehen gab, lösten sich die Gruppen der Schaulustigen, die bislang eifrig miteinander diskutierten auf, und gingen zurück in ihre Trailer. Das war der Zeitpunkt für die Polizei die Nachbarn zu befragen. Den Anfang machten sie im Trailer gegenüber, dessen Hund seinen Besitzer mit ungewöhnlich lauten und langen bellen aus dem Schlaf riss. Er war auch der Bewohner, der den Brand als Erster entdeckte und die Feuerwehr rief.

»Tja Officer, wie ich schon am Telefon sagte, mein Hund hat wie von Sinnen gebellt, und als ich aus dem Fenster gesehen habe, schlugen in dem alten Trailer schon die ersten Flammen aus dem Fenster. Darauf habe ich die 911 angerufen und das Feuer gemeldet. Ich wusste ja, dass der Trailer schon lange leer stand, also habe ich mir erst einmal nicht so viele Gedanken gemacht. Die Feuerwehr war ja auch verdammt schnell hier.«

»Haben sie jemanden auf dem Grundstück gesehen oder bemerkt das ein Auto wegfuhr?«, fragte der Polizist.

»Nein, ich habe nur das Feuer bemerkt. Mein Hund hat bestimmt mehr mitbekommen, aber der kann ja nicht reden«, antwortete der Befragte und musste selbst darüber lachen.

»Gut sollte Ihnen doch noch irgendetwas dazu einfallen, melden sie sich bitte bei uns.« Er bekam die Visitenkarte der Polizei. Damit verließ der Beamte das Grundstück und ging zum nächsten Nachbarn.

Die Befragung der Anwohner aus der Straße zog sich über Stunden hin, brachte jedoch leider keine weiteren Ergebnisse. Viele hatten schon ihr Heim verlassen, um ihrer Arbeit nachzugehen, also mussten die Beamten ihr Glück nochmals am Abend versuchen.

Am späten Nachmittag erhielt Ron Myers, der Bezirks Sheriff einen Anruf von einem Anwohner aus der Straße in der am frühen Morgen der Brand ausbrach.

»Hallo, mein Name ist Rodrigo, ich rufe wegen des Feuers heute Morgen an«, ein kurzes Schweigen war zu vernehmen.

»Ich weiß nicht, ob es wichtig ist. Ich wohne in der Appartmentanlage am Anfang der Straße.«

»Ja, die kenne ich«, antwortete Ron. Die Anlage kannte er sehr gut, ging ihm durch den Sinn. Kleine schäbige Wohneinheiten, die ziemlich heruntergekommen waren, wo 10 Familien zusammengepfercht lebten. »Was haben sie denn gesehen, wir sind für jede Information dankbar.«

»Nun, ich weiß nicht, ob es etwas damit zu tun hat. Ich habe heute Morgen, bevor ich zur Arbeit ging den Müll an die Straße gestellt. Da ist ein rostroter alter Dodge Van nach oben gefahren. Ich habe noch etwas im Hof gearbeitet, als er circa 15 Minuten später wieder mit einem Affenzahn zurückkam und in Richtung Sun City verschwand. Kurz darauf bin ich zur Arbeit gefahren und da kam mir schon die Feuerwehr entgegen. Ich meine nur, weil so früh ganz selten ein Auto nach oben fährt.«

»Haben sie eventuell das Nummernschild erkannt?«, fragte Ron.

»Nein, tut mir leid. Darauf habe ich nicht geachtet.«

»Schon gut konnten sie sehen, wie viele Personen sich in dem Fahrzeug befanden und wie sie aussahen?«, stellte Ron die nächste Frage.

»Wenn ich mich nicht täusche, saßen vorne zwei, ob hinten noch jemand saß, konnte ich nicht sehen. Es war ja ein geschlossener Van. Es war aber auch noch zu dunkel als das ich jemanden erkennen konnte«, antwortete Rodrigo.

»Danke Mr. Rodrigo, ich würde sie bitten ihre Aussage noch bei uns in der Dienststelle zu Protokoll zu geben. Währe es möglich morgen bei uns vorbei zu kommen?«, fragte ihn Ron Myers.

»Ja natürlich, reicht es, wenn ich gegen 17 Uhr erscheine?«, fragte Rodrigo.

»Ja, das geht in Ordnung, ich habe mir erst einmal alles notiert. Danke für ihre Mitarbeit Mr. Rodrigo.« Damit war das Gespräch beendet.

Tom und Mona erreichten ihr Haus am Abend und brachten die Koffer in ihr Schlafzimmer.

»Oh ja, Daheim ist doch Daheim«, rief Mona und warf sich auf das Bett.

Tom gesellte sich zu ihr aufs Bett und nahm sie in den Arm.

»Da hast du recht mein Schatz, es war schön aber auch anstrengend und voller Abenteuer. So hatte ich mir das nicht vorgestellt.«

»Gut, dass wir noch ein paar Tage an den Niagarafällen hatten. Danke Tom, dort hat es mir supergut gefallen, das war eine tolle Idee.«

»Ich bin froh, dass wir dort waren, der Anfang unserer Reise war wohl aufregend genug. Was hältst du von ein paar Chickenwings in der Sportsbar«, fragte Tom.

»Super, da brauche ich heute nicht mehr zu kochen.

Tom – Ich liebe dich.«

Tom und Mona saßen in der Bar und knapperten an ihren Wings. Wie üblich liefen alle Fernseher mit den verschiedenen Sportveranstaltungen. Nur im Hauptfernseher, der in ihrem Blickfeld hing, war der Ton zu geschaltet. Bei einer Unterbrechung erschienen die Kurznachrichten mit den Ereignissen aus der Region. Das Hauptthema war wie zu erwarten der Brand in Wimauma mit dem Fund einer Kinderleiche.

»Nach Informationen der Polizei handelt es sich hierbei um eine weibliche Person zwischen 10 und 14 Jahren. Es besteht die Vermutung, dass es sich möglicherweise um eins der vermissten Mädchen handelt, nach denen gesucht wird. Nähere Informationen konnten noch nicht bekannt gegeben werden. Für Hinweise zu dem Fall wenden Sie sich bitte an den Bezirks Sheriff. Wir werden Sie auf dem Laufenden halten. Dorothy Keller Fox 13 News«

»Gott, das ist ja grausam«, kam gleich von Mona.

»Ob sie von Zuhause abgehauen ist und dort Unterschlupf gesucht hat.«

»Das glaube ich eher nicht«, meinte Tom. »Immerhin werden schon vier Mädchen vermisst und ich glaube nicht, dass sie alle von Zuhause weggelaufen sind.«

»Fünf meinte die Bedienung, die gerade für Tom noch ein Bier an den Tisch brachte.«

»Wie fünf?«, fragte Tom.

»Es sind fünf Kinder, die verschwunden sind. Vor zwei Tagen ist noch ein 10 jähriges Mädchen aus Wimauma verschwunden«, gab die Bedienung zur Antwort.

»Oh, das haben wir nicht mitbekommen. Wir sind erst heute aus Kanada zurückgekommen.«

»Meine Güte, da treibt aber jemand ein grausames Spiel. Die sind doch noch alle so jung«, warf Mona ein.

»Gibt es schon eine Spur?«, fragte Tom die Bedienung.

»Nicht, dass ich wüsste«, erwiderte sie und ging zurück an den Tresen um einen Gast abzukassieren.

Am folgenden Morgen traf Tom Mike zufällig im Baumarkt.

»Hey Tom wie war dein Tipp im hohen Norden.«

»Danke einfach super, aber sag mal was geht denn hier im Augenblick ab? Es verschwindet ja ein Mädchen nach dem Anderen.«

»Erinnere mich bloß nicht daran, die Bevölkerung kocht und der Sheriff tappt scheinbar völlig im Dunkeln. Übrigens komm doch noch mal vorbei, ich habe eine Änderung im Wasserverlauf. Da muss noch eine Pumpe dazwischen.«

»Klar doch Mike, sorry ich muss los mein Kunde wartet.« Tom verließ den Baumarkt und fuhr zu seinem nächsten Kunden. Am Abend erhielt Tom einen Anruf von Pam.

»Hey Tom, ich hab schon mehrfach versucht, dich zu erreichen.«

»Sorry Pam, ich war einige Tage in Kanada. Was gibt es denn so Dringendes.«

»Ach so. Gut, du kannst dich sicher noch an den Kunden erinnern mit den speziellen Möbeln in Apollo Beach?«

»Klar doch, gibt es Probleme?«, fragte Tom und legte seine Stirn in Falten.

»Nein alles ok, könntest du ihm noch bis zum Wochenende eines der Gestelle bauen, du weist schon. Es eilt und er zahlt 50% mehr.«

»Wow, das wird knapp, da muss ich aber Gas geben.«

»Das währe lieb von dir, ich hab ihm schon gesagt, wenn es einer schafft, dann du. Dafür hast du auch etwas gut bei mir. Er bekommt am Sonntag Gäste da sollte es fertig sein.«

»Na gut, ich schau, was ich machen kann.« Tom beendete das Gespräch und rief zu Mona, »ich fahr noch mal in den Baumarkt, bin gleich zurück.«

»In Ordnung, bitte bringe etwas vom Subway mit, dann brauch ich nicht zu kochen, wenn es später wird.«

Samstag Vormittag lieferte Tom pünktlich die bestellte Ware. Dieses Mal brauchte er nur abladen und nichts aufbauen. Ein weiteres Mal musste er nicht diese Räume aufsuchen, was ihm sehr entgegen kam. Ihm kam sofort der Rotwein fleck in den Sinn, sofern es einer war. Tom erhielt wie letztes Mal sein Geld in bar sowie die versprochenen 50% extra. Leicht verdientes Geld dachte sich Tom und verließ das Anwesen.

Plötzlich kam ihm Pam in den Sinn, ob sie wirklich nur den Catering dort übernahm oder ob sie an den Spielchen aktiv teilnahm? Ein Schauer lief ihm über den Rücken und er schüttelte sich. Nein, dieses Kopfkino wollte er sich auf keinen Fall antun. Trotzdem interessierte es ihn, in welcher Beziehung Pam mit dem Ganzen in Verbindung stand.

Part 8

Montagmorgen, in Wimauma. Wieder wurde die Feuerwehr zu einem Einsatz gerufen, abermals stand ein Trailer in Flammen. Doch dieses Mal wurde der Brand nicht so schnell entdeckt, da der verlassene Trailer weiter außerhalb stand und keine unmittelbaren Nachbarn hatte.

Die Feuerwehrleute taten ihr Bestes, konnten den Trailer aber nur kontrolliert ausbrennen lassen. Erst als er komplett niedergebrannt war, erloschen auch die restlichen Glutherde. Bei der anschließenden Begehung entdeckten sie zwei völlig verkohlte Personen, die sich in der Mitte des Trailers befanden. Der Größe nach zu schließen, handelte es sich abermals um Kinderleichen.

In diesem Fall hatte die Spurensuche ein wesentlich größeres Problem als in dem Fall letzter Woche. Für die Beamten der Polizei begann das gleiche Spiel. Die Befragung der Anlieger ergab auch keine weiteren Erkenntnisse. Wie auch beim letzten Mal blieb das Erscheinen der Presse nicht aus. Dorothy Keller, die Reporterin von Fox 13 galt als besonders hartnäckig. Schnell fand sie heraus, dass es sich auch hier um zwei der fünf verschwunden Mädchen handeln könnte. Da die Befragung der Erwachsenen keine wesentlichen Ergebnisse brachte, wandte sie sich einen Tag später an die Spielenden Kinder in der Straße. Mit Sicherheit war der verlassene Trailer ein Angelpunkt ihrer Spiele.

Bingo, Dorothy traf mitten ins Schwarze. Der Trailer war ein beliebter Treffpunkt an den Regentagen. Erst vor vier

Tagen wurden sie von zwei Männern vertrieben, die sich als die neuen Besitzer ausgaben. Sie fuhren einen dunkelroten Dodge Van und inspizierten den Trailer. Bevor sie das Gelände verließen, brachten sie noch zwei große Kanister und einige Decken in den Trailer. Weitere Angaben konnte sie den Kids nicht entlocken.

Ron Myers saß in einem Sessel und las den Bericht der Gerichtsmedizin. Das Ergebnis der Autopsie lag nun endlich vor. Eigentlich konnte Ron so schnell nichts erschüttern, was er aber bisher las, ließ ihn erschaudern. Immer wieder schüttelte er mit dem Kopf, wozu Menschen fähig waren. Das klingeln von seinem Telefon, das auf dem Schreibtisch stand, ließ ihn aufschrecken. Er legte den Bericht zur Seite nahm den Hörer ab und meldete sich.

»Hallo Sheriff Myers, meine Name ist Dorothy Keller von Fox 13 ...«

»Hören sie Mrs. Keller«, unterbrach er sie, »ich kann ihnen im Moment noch keine Informationen geben ich muss auch erst die weiteren Untersuchungen abwarten.«

»Oh Mr. Myers, was würden sie davon halten, wenn ich einige Informationen für „Sie" hätte.«

Ron hob seine Augenbrauen und stutzte. »Da währe ich ihnen sehr dankbar Mrs. Keller. Was hätten Sie denn zu bieten, was wir noch nicht wissen?«, antwortete er mit bedacht.

»Nun Mr. Myers, wir Reporter sind schon ein komisches Völkchen und leben ebenso wie sie von Informationen und sie kennen doch sicher den Ausdruck „Quid pro quo" Eine Hand wäscht die Andere.«

Ron musste schmunzeln, hab ich es mir doch gedacht, so etwas musste ja kommen:

»Ja Mrs. Keller, sie wissen aber auch, dass es ihre Pflicht ist, keine Informationen zurückzuhalten, wenn es um die Klärung eines Mordfalls geht, sollte ich es jedoch vertreten können, einige Informationen an sie zu geben wäre ich gerne dazu bereit.«

»Danke Mr. Myers, sie sind ein sehr charmanter Mann. Können sie sich einiges notieren?« Dorothy gab ihm ihre Informationen und erwähnte noch, dass es sich zwischen Rostrot und dunkelrot eventuell um den gleiche Dodge handel könnte:

»Ach ja, ehe ich es vergesse. An dem Tag als der Dodge vor dem Trailer stand hatte es geregnet. Eventuell finden sie dort noch ein paar brauchbare Spuren, wenn ihre Leute nicht alles zertrampelt haben.«

Ron bedankte sich und versprach ihr, sie bei entsprechenden Informationen zu unterrichten. Smarte Frau, dachte er, wieso sind meine Männer nicht auf die Idee gekommen, die Kids zu fragen. Ron gab seine Infos gleich an die Spurensicherung weiter und wendete sich wieder dem Bericht der Gerichtsmedizin zu.

Tom besuchte seinen Freund Bill. Nach dem gemeinsamen Ausflug in New Hampshire und Kanada hatte Tom mit seinen Aufträgen zu tun und keine Zeit für einen Kaffee bei ihm. Bill stand wie so oft auf seinem Steg und betrachtete die Fische, die um die Pfeiler schwammen, die den Steg trugen. Seine erfolglosen Versuche zu Angeln waren nach Toms Meinung eher eine Art sie mit einer Nylonschnur an einem Stock zu füttern. Äußerst selten bekam er wirklich mal einen an den Haken, den er nach seinem Erfolgserlebnis zurück ins kühle Wasser warf.

»Hey Tom, schön dich zu sehen«, rief Bill, als er Tom erblickte, der soeben auf ihn zukam.

»Hey Bill, was machen die Fische, oder schlägst du nur die Zeit Tot.«

»Hier unten schwimmt ein ganz dicker, egal was ich an den Hacken hänge, er beißt nicht zu. Ich glaub langsam der ist Veganer.«

»Hast du schon herausgefunden, was es für einer ist«, fragte Tom.

»Keine Ahnung, lang und dick, vorne Kopf und hinten Schwanz«, kam trocken zurück. Wie wäre es mit einem Kaffee?

»Wie lange kennst du mich, da sage ich doch nie Nein.«

Zufrieden saßen beide auf der Terrasse und genossen die Sonne mit einer großen Tasse Kaffee in der Hand.

»Sag mal, hast du schon das mit den Leichen in dem Trailer gehört?«, fragte Bill.

»Ja, Mona war erst der Meinung, dass die Mädchen von zuhause weggelaufen sind und sich dort versteckt hatten, aber zwei Mal das gleiche Schicksal in zwei unterschiedlichen Trailer, das ist kein Zufall.«

»Nein, daran glauben Kate und ich auch nicht. Ich denke schon, dass mit dem Brand ein Verbrechen verdeckt werden sollte«, erwiderte Bill.

»Was sagt denn dein Freund Ron dazu, der Sheriff müsste eigentlich mehr darüber wissen als die Presse.«
Bill verzog die Mundwinkel zu einem Lachen:
»Übermorgen spiele ich mit ihm Golf, danach weiß ich auch mehr.«

»Alter Fuchs, da bin ich mal gespannt, was er so preisgibt.«
Ich muss dich mal was fragen Tom, »hast du dich jetzt schon mal mit der Cin-Box beschäftigt?«

»Ja … schon in Kanada, ich konnte nur noch nicht darüber reden«, stammelte Tom etwas herum.

»Und, erzähl schon«, forderte ihn Bill ganz nervös auf.«

»Erinnerst du dich noch an die beiden in der Hotelbar«, fragte Tom.

»An die mit dem heißen Lederkostüm? Na klar.«

»In der Nacht habe ich die Box benutzt … ich konnte an den Abend zurückgehen, ihr Gespräch verfolgen und hab mich selbst an unserem Tisch sitzen gesehen, wie wir uns unterhalten haben, ohne dass mich jemand bemerkt hat.«

»Ist ja abgefahren, und gab es was Interessantes bei den beiden?«, wollte Bill gleich wissen.

»Nein, nur belangloses Zeug«, antwortete Tom.

»Komm bloß nicht auf die Idee mich in meinem Schlafzimmer zu besuchen«, grinste Bill.

»Hmm, netter Gedanke, aber lass mal gut sein, ich hab ein eigenes«, lachte Tom.

Tom und Mona lagen schon im Bett, aber Tom fand keinen Schlaf. Seine Gedanken kreisten um den Trailer mit den beiden Leichen der Mädchen. Es müsste doch mithilfe der Cin-Box möglich sein, an den Brandtag zurückzukehren. In dem Hotel in Kanada hat es ja auch geklappt. Unsicher verließ er das Schlafzimmer, holte die Box aus seinem Safe und setzte sich in den Sessel.

Wie beim letzten Versuch startete die Verbindung mit einem Kribbeln in den Fingern, bis sich der Kreis um seinen Körper schloss. Seine Gedanken waren bei dem Trailer, bevor das Feuer ausbrach. Abermals verschob Tom automatisch die Riegel der Box, worauf umgehend dieser Wirbel in seinen Gedanken begann. Kurz darauf befand er sich in der Straße vor dem Trailer, der unversehrt vor ihm stand. Tom blickte sich um, plötzlich bemerkte er, dass ein Lieferwagen langsam die Straße herauf fuhr. Kurz vor dem Trailer, schaltete er das Hauptlicht aus und fuhr die letzten Meter mit Standlicht weiter. Instinktiv trat Tom einige Schritte zurück an die Büsche, um nicht gesehen zu werden. Erst als er fast in dem Busch verschwand und keinen Widerstand fühlte, wurde ihm bewusst, dass es ihn hier eigentlich gar nicht gab.

Zaghaft bog der Van in die Einfahrt und parkte Rückwerts vor dem Trailer. Der Beifahrer stiege aus und lief vor zur Straße. Dort sah er sich um, bevor er zum Van zurückkehrte. Der Fahrer stand schon hinter dem Fahrzeug und hatte die Türen geöffnet. Nacheinander hob jeder einen Wäschesack aus dem Wagen und trug ihn in den Trailer. Tom wusste nicht wie ihm geschah aber plötzlich befand er sich mitten im Trailer und konnte sehen, wie die Männer die stark befleckten Säcke ablegten. Lediglich der Mond schien durch die Fenster, so war sich Tom nicht sicher, ob es sich bei den Flecken etwa um Blutflecke handeln könnte. Während der eine die bereitgelegten Decken um die Säcke platzierte, griff der zweite nach einem Kanister und übergoss alles mit dem Inhalt. Ein strenger Geruch von Diesel verbreitete sich im Raum. Der zweite Kanister, der nach Benzin roch, wurde im restlichen Trailer vergossen. Der Fahrer verließ schon den Raum und stieg in den Van. Als sein Beifahrer an der Tür das Benzin entzündete, wurde der Motor gestartet. Geschwind sprang er in das Auto, schlug die Beifahrertür zu und beide rasten davon.

Tom wusste nicht, wie ihm geschah, wie angewurzelt stand er im Trailer, als sich die Flammen mehr und mehr durch den Raum fraßen. Toms Sinne schwanden und alles um ihn drehte sich, als er zu sich kam, saß er unversehrt in seinem Sessel im Wohnzimmer.

Als Tom wieder gefasst war, verschloss er die Box im Safe und überlegte lang, wie er diese Information an den

Sheriff weitergeben könnte. So einfach in sein Büro marschieren, und sagen „ich kann mithilfe meiner Box in Zeit und Raum umherspringen", würde mit Sicherheit die Einweisung in eine Nervenheilanstalt zur Folge haben. Tom fiel keine plausible Lösung ein, solange er auch darüber nachdachte. Nach über einer Stunde ging er zu Bett und fiel in einen tiefen Schlaf.

Der Morgen brach an und Mona kuschelte noch in seinem Arm als Tom die Augen aufschlug.
»Hey Schatz, alles ok«, fragte sie Tom.
Er drückte sie fester an sich. »Ja, du bist doch bei mir, was kann es Schöneres geben.«
»Du warst so unruhig im Schlaf, hast du schlecht geträumt?«
Tom zuckte unweigerlich etwas zusammen, legte seine Stirn in Falten, um zu überlegen.
»Ja, mir ging die Sache mit den brennenden Trailer und den Kindern darin nicht aus den Kopf. Ich war letzte Nacht dort und habe gesehen, wie der Brand entstanden ist.«
»Du meinst, du warst im Traum dort?«
»Nein, ich war wirklich dort.«
»Schatz, der Brand war vor ein paar Tagen, wie kannst du dann letzte Nacht dort gewesen sein.«
»Ich konnte nicht schlafen und da fiel mir die Cin-Box ein.«
»Du hast sie benutzt?« Mona erschrak und setzte sich im Bett auf um Tom in die Augen zu sehen.

»Ja, mit ihr war es mir möglich, die Brandnacht zu erleben.«

»Tom, lass dir nicht jedes Wort einzeln aus der Nase ziehen, erzähl schon, aber bitte alles«, Mona war aufgeregt und starrte Tom erwartungsvoll an.

Am Ende seiner Geschichte konnte Mona ihm auch keinen Rat geben.

»Rede mit Bill darüber, er kennt die wahre Geschichte mit der Cin-Box, und er war Anwalt, möglicherweise hat er eine Idee, wie du die Information an den Sheriff weitergeben kannst, ohne dass du als Verrückter da stehst.«

Mona war dermaßen aufgeregt, dass sich ihre Wangen rot färbten und sie nervös die Bettdecke zerknäulte.

»Gut, ich werde heute Nachmittag bei ihm halten. Heute früh hat er einen Termin«, versprach ihr Tom.

Den Vormittag verbrachte Tom in Tampa, in einer der Filialen von Pam und Linda. Schon wieder hatte eine der Fritteusen ihren Dienst verweigert.

»Ist es schon wieder das Thermostat«, fragte Linda, die gerade in der Küche war.

»Nein Linda, dieses Mal war es nicht das Thermostat. Ein Loch in der Heizspirale, hat den Kurzschluss verursachte.«

Gut, das Tom immer auf eine Gute Erdung bei den Geräten achtete. Somit konnt Schlimmeres vermieden werden. Undenkbar, wenn sich das heiße Fett entzündet hätte.

»Ich besorge schnell eine neue Heizspirale, geb mir eine halbe Stunde dann bin ich zurück.«

»In Ordnung, ich bin ja hier«, rief sie aus der Küche zurück.

Zwei Stunden später war Tom mit seiner Arbeit beendet. Gerade noch rechtzeitig, bevor der Laden geöffnet wurde. Linda beglich die Rechnung ebenso wie ihre Mutter immer in bar.

»Ach Tom, kannst du bitte morgen früh bei Mom vorbeifahren, ich glaube die Türen der Gartenhütte sind verklemmt. Solltest du keine Zeit haben, ruf sie doch bitte an.«

»Klar mach ich Linda, gute Geschäfte noch.« Tom verließ den Laden und stieß fast mit zwei finsteren Gestalten zusammen, die eben den Laden betreten wollten.

»Pass doch auf, oder hast du keine Augen im Kopf«, maulte der eine.

Tom lächelte beide an, meinte nur trocken »Sorry« ließ sie stehen und ging zu seinem Wagen. Sie schauten ihm kurz nach, verschwanden aber ohne etwas zu erwidern im Laden. »Mein Gott, was ein Typ.«

Tom musste lachen über die markante Nase des Einen. Der ist mir doch schon mal über den Weg gelaufen dachte sich Tom. Mit so einer Gurke im Gesicht hat er bestimmt nicht viele Freunde.

Am Nachmittag traf sich Tom mit Bill. Ihm brannte es auf der Zunge, sein Erlebnis von letzter Nacht los zu werden. Tom hoffte inständig, dass Bill eine Lösung fand, die Information an den Sheriff weiter zu geben. Für jemanden, der von dieser Box und ihrer Macht nichts wusste, musste es einfach unglaubwürdig klingen.

Bill und Kate saßen auf der Terrasse und tranken Kaffee, als Tom um die Hausecke trat.

»Gut, das ich euch beide erwische«, schoss es aus Tom heraus.

»Hallo Tom, ja stell dir vor, wir wohnen hier!« erwiderte Kate lächelnd.

»Äh, ja klar, ich meinte es ist schön, dass ich euch auch mal beide zusammen antreffe, ohne dass einer von euch beiden unterwegs ist.«

Kate lachte: »Warte, ich hol dir eine Tasse.« Sie verschwand im Haus und kam eine Minute später mit dem Kaffe zurück. Nun konnte sich Tom nicht mehr halten. Bill wusste schon, dass es sich um den Brand im Trailer handelte.

»Ich war gestern Nacht dort, mit der Cin-Box konnte ich sehen, wie der Brand entstanden ist.« Tom schilderte ihnen den Ablauf und was er gesehen hatte, während Kate und Bill gespannt seiner Geschichte folgten. Am Ende hatte Tom irgendwie das Gefühl etwas übersehen zu haben, es wollte ihm aber nicht in den Sinn kommen, was es war.

»Mona und ich, wir haben keine Ahnung, wie ich das dem Sheriff sagen könnte, ohne das ich als verrückt eingestuft werde oder selbst in Verdacht gerate.« Fuhr Tom mit dem Gespräch fort.

Bill musste lachen, »brauchst du auch nicht. Das haben schon die Ermittler herausgefunden. Kinder haben vier Tage zuvor den Wagen und die Männer gesehen. Den Verlauf des Brandes hat die Spurensuche ergeben. Schlimmer noch ist der Autopsiebericht von der ersten Kinderleiche. Mir hat es bald den Magen herumgedreht, als mir Ron davon erzählte.« Bill verzog sein Gesicht.

»Erzähl schon«, drängte Tom. Davon wusste Kate allerdings auch noch nichts. Bills Gesichtsausdruck war Hasserfüllt, als er mit seinem Bericht fortfuhr.

»Es war fast der gleiche Hergang wie bei dem zweiten Brand, nur ist ein Teil von dem morschen Dach herabstürzte, hat die Leiche bedeckt und das Feuer darunter erstickte. Dadurch war die Leiche ziemlich unversehrt. Den Rest erledigte die Feuerwehr, die sehr früh eintraf. Das Kind wurde mehrfach vergewaltigt und letztendlich zu Tode gequält. Glaubt mir, die Einzelheiten wollte ich von Ron überhaupt nicht wissen.«

Kate und Tom lief der Schauer kalt über den Rücken.

»Davon ist natürlich noch nichts an die Öffentlichkeit gedrungen. Der Staatsanwalt möchte erst die weiteren Ergebnisse von dem zweiten Fall abwarten.«

»Es fehlen immer noch zwei Mädchen, ich hoffe sie kommen den Kerlen schnell auf die Spur.« Kate war sämtliche Farbe aus dem Gesicht gewichen. »Mir ist ganz schlecht, wenn ich nur an die armen Kinder denke.«

»Wenn ich nur mehr Anhaltspunkte hätte«, meinte Tom.

»Vielleicht könnte ich dann mit der Cin-Box darüber mehr herausfinden.«

Aber keinem der Drei fiel auf die Schnelle keine Lösung ein.

»Ok«, das mit dem Sheriff hat sich somit erledigt dachte sich Tom, als er auf der Fahrt nach Hause war. Jetzt musste er nur noch Mona die Geschichte von der Autopsie schonend beibringen. Solche Sachen hört wohl niemand gerne, erst recht nicht Mona und schon gar nicht, wenn es sich um Gewalt gegen Kinder handelt.

Eine fast schlaflose Nacht lag vor Mona und Tom. Monas Gedanken waren voller Zorn, wie man nur einem Kind so etwas antun kann. Wie Kaput muss ein Mensch im Kopf sein, um sich an einer solchen Tat zu befriedigen.

Tom dagegen grübelte die halbe Nacht darüber, wie er dem Treibe ein Ende setzen kann. Jetzt hatte er schon die Macht durch die Cin-Box, wusste aber nicht wie er sie am Besten nutzen kann.

Am Morgen rief Tom bei Pam an. Noch völlig gerädert von dem geringen Schlaf den er, in der letzte Nacht abbekam.

»Hey Pam, Tom hier. Linda sagte bei dir an der Gartenhütte klemmet die Tür, ist das korrekt?«

»Oh Tom, schön das du anrufst. Ja, das ist richtig. Wenn du Zeit hast schau doch mal bitte nach. Du kennst ja den Code von der Garage, ich lege dir den Schlüssel von der Hütte an die Hintertür in der Garage.«

»Gut Pam, ich ruf dich an, sobald ich weiß, woran es liegt. Es wird aber erst am Nachmittag, heute früh bin ich in Ruskin.«

»Kein Problem Tom, wann immer du Zeit findest, es hat keine Eile.«

Nach dem Frühstück fuhr Tom erstmal aus zwei Gründen zu Mike nach Ruskin. Zum Einen wollte er sich um die zusätzliche Pumpe kümmern, über die Mike, vor seinem Trip nach New Hempshire sprach und zum Zweiten wollte er unbedingt erfahren, was es Neues über die vermissten Mädchen gab. Möglicherweise konnte er hier einen Anhaltspunkt finden, wie er mithilfe der Cin-Box der Sache näher kommen konnte.

Gerade als Tom auf das Gelände des Gebrauchwagenhandels von Mike fuhr, verlies ein Polizeifahrzeug den Platz. Tom parkte seinen Wage neben der Werkstatt und stieg aus, um zu Mike zu gehen, der sich vor der Werkstatt angeregt mit seinem Bruder Dave unterhielt.

»Hey Mike, hast du deinen Strafzettel nicht bezahlt oder warum war der Sheriff bei dir?«

»Nein du Spaßvogel, sie suchen einen roten Dodge Van. Heute Morgen ist ein kleiner Junge verschwunden, der Sheriff vermutet das er damit in Verbindung steht.«

»Wie, schon wieder ein Kind weg?« Tom konnte kaum glauben, was Mike im eben sagte.

»So ein Drecksack, wenn ich den in die Finger bekomme, hat er nichts zu lachen« warf Dave ein. »Erst die Mädchen und jetzt einen 8 jährigen Jungen.« Voller Wut schlug er sich den großen Schraubenschlüssel in die offene Hand, den er fest in der rechten hielt.

»Wann war das?«, fragte Tom.

»Vor gut zwei Stunden, gleich hier vorne auf der anderen Seite, wo der Schulbus immer hält«, antwortete Mike.

»Und habt ihr beide etwas gesehen?«

»Leider nicht, Mike war im Büro und ich in der Werkstatt. Glaube mir, ich, hätte dem Kerl den Schädel eingeschlagen, wenn ich es gesehen hätte.«

Dave war an die 2 Meter groß und ein Schrank von Mann. Es war ihm zuzutrauen, das er dem Dodge die Tür mit bloßen Händen herausgerissen hätte.

»Das ist ja schon dreist hier auf offener Straße ein Kind zu entführen«, meinte Tom. »Hat das denn jemand beobachtet, oder wie kommt der Sheriff auf einen roten Dodge?«

»Der Fahrer vom Schulbus hat ihn an der Haltestelle stehen gesehen, aber er war noch zu weit weg, als der Dodge davon fuhr«, erklärte Mike. »Er hat sich aber auch erstmal nichts dabei gedacht. Erst in der Schule fiel es auf, das der Junge nicht erschienen ist.«

»An der Haltestelle war sonst kein anderes Kind, also was wollte der Dodge dort, wenn er niemanden hinbringt, um auf den Schulbus zu warten«, warf Dave ein.

Tom kombinierte sofort in Gedanken, ob es sich bei dem Dodge, den er in der Brandnacht gesehen hat, etwa um denselben handelt, der heute Morgen hier gesehen wurde.

Mike riss ihn aus seinen Gedanken. »Du kommst bestimmt wegen der Pumpe, oder wolltest du meinen Strafzettel bezahlen?«

»Wie? Ja, Nein. Zahl du mal deine Tickets schön selber. Ich wollte fragen, was nun mit der extra Pumpe ist«, antwortete Tom, als er wieder bei der Sache war.

Mike versetzte Tom einen leichten Schlag auf die Schulter. »Fahr rüber zum Haus, hinten links ist es tiefer als geplant. Sehe mal zu, wie du das Wasser in das nächste Becken bekommst. So wie ich dich kenne, findest du eine schnelle Lösung.«

»Ok, ich schau mal, was sich machen lässt. Ich melde mich dann bei dir.« Tom verabschiedete sich von beiden, stieg in sein Auto und verlies das Gelände.

Während er langsam durch die Anliegerstraßen zu Mikes Haus fuhr, folgten ihm misstrauisch die Blicker der Nachbarn. Scheinbar hatte das Verschwinden der Kinder die Bevölkerung sensibilisiert, besser darauf zu achten, wer sich in ihrer Gegend aufhielt. Tom parkte in der Einfahrt und durchquerte den Garten um ans hintere Ende zu gelangen wo sich der umgestürzte Baum mit den zukünftigen Teich befand.

Vor der riesige Wurzel, die nun quer in die Höhe ragte, befand sich das untere Becken, von dem ein Bachlauf um die Wurzel zum restlichen Stamm des Baumes verlief. Der wiederum bildete eine Brücke, hinter der sich wiederum ein kleineres Becken befand, das sich auf der anderen Seite der Wurzel durch mehrere kleine Wasserfälle seinen Weg in das untere Becken bahnte.

Mikes Problem bestand darin, dass nun einmal Wasser Bergabwärts fliest und nicht anders herum. Ihm blieb nichts anderes übrig, als ein kleines drittes Becken zu integrieren, um das Wasser in das obere Becken zu pumpen.

Um einen geschlossenen Wasserlauf vorzutäuschen, überlegte sich Tom, vom oberen Becken einen Überlauf in das kleine untere Becken zu kreieren, um dort einen Wasserfall zu simulieren, damit die Fließgeschwindigkeit in die entgegengesetzte Richtung regulierbar ist. Dadurch würde der Eindruck entstehen, dass Wasser vom oberen Becken fliest in beide Richtungen, als auch im Kreis über das große Becken am Fuße der Wurzel.

»Mein Gott Tom, geht das nicht noch komplizierter«, fragte Mike, als ihm Tom die Lösung präsentierte.

»Nein Mike, ist es nicht. Die Pumpe muss lediglich anders platziert werden, ein kleines Becken muss eingebaut werden und der Wasserfall muss modelliert werden. Maximal ein Tag Arbeit und die Kosten für das zusätzliche kleine Becken.«

»Klingt aber kompliziert«, Mike warf seine Stirn in Falten und sah Tom misstrauisch an. »Na gut, mach halt ich vertrau dir da voll und ganz.«

Soeben betrat Dave das Büro, um sich einen Kaffe zu holen.

»Hi Tom, hat Mike schon mit dir über die Kameras gesprochen«, fragte er und nahm einen kräftigen Schluck aus seiner Tasse.

»Nein, hab ich noch nicht«, warf Mike zurück.

»Von welchen Kameras redet ihr«, fragte Tom.

»Ach wir haben überlegt zwei Kameras am Dach zu installieren, um die Straße in beide Richtungen zu kontrollieren. Du weißt schon wegen heute Morgen«, fuhr Mike mit dem Gespräch fort.

»Ja klar lässt sich das machen, aber wie hoch ist die Wahrscheinlichkeit, das es ausgerechnet hier ein zweites Mal passiert und noch ist es nicht bewiesen ob es die Täter waren«, fügte Tom hinzu.

In diesem Augenblick kam Tom die Cin-Box in den Sinn. Was sprach dagegen, sich das Geschehen von heute Morgen wie bei einem Rekorder anzusehen. Immerhin hatte er die Möglichkeit, und was sprach dagegen, diese zu nutzen.

»Verdammt«, dachte er, jetzt brannte es Tom in den Fingern nach Hause zu kommen aber vorher musste er noch bei Pam halten und nach der Gartenhütte sehen.

»Jungs, ich muss los, überlegt euch das noch mal und denkt an die Kosten, die auf euch zukommen. Ob sich das wirklich lohnt. Ich melde mich bei dir Mike, wann ich am

Teich arbeite, Ok?« Tom stand auf und drehte sich zum Ausgang.

»Ok, wahrscheinlich hast du recht«, erwiderte Mike und Dave echote nach. »Tschau, wir sehn uns.«

Auf dem Weg zu Pams Haus drehten sich Toms Gedanken um das kommende Treffen, um zu sehen, was heute Morgen geschah. Wird er wie in der Brandnacht den gleichen Erfolg haben? Und wenn ja, wie kann er seine Informationen dieses Mal an den Sheriff weitergeben. Doch zuerst wollte er Mona und anschließend Bill über seine Absichten informieren. Aufgeregt drückte Tom die Kurzwahl auf seinem Handy, um Mona zu erreichen. In seinem Headset erklang einige Sekunden später der Rufton.

»Hi Schatz, schön das du anrufst, was gibt es denn«, meldete sich Mona.

Aufgeregt erzählte Tom, von dem Ereignis von heute Morgen, und seiner bevorstehenden Absicht. Entsetzt hörte Mona von der neuen Entführung des kleinen Jungen.

»Herr im Himmel, hat das denn nie ein Ende?« Mona war außer sich vor Wut. »In den Nachrichten wurde allerdings noch nichts bekannt gegeben«, meinte sie zu Tom. »Möchtest du nicht lieber gleich nach Hause kommen?«

»Nein, ich muss erst selbst etwas herunter kommen. Ich bin viel zu aufgeregt, um mich zu konzentrieren. Ich wollte dir nur Bescheid sagen.«

»Ja, du wirst wohl recht haben ich bin auch auf 180. Wir sehen uns dann später. Hast du Bill und Kate schon bescheid gesagt? Das wird sie doch sicherlich interessieren, oder soll ich sie anrufen?«

»Nein, du bist die Erste, mit der ich darüber gesprochen habe. Ich bin auch gleich bei Pam also ruf du doch bitte bei ihnen an. Bis später, tschau Schatz.«

Tom erreichte das Anwesen von Pam, er bog in die Einfahrt ein und parkte seinen Wagen vor dem Haus. Der Frontbereich und die Zufahrt wurden hier von einem Kamerasystem überwacht. Pam war zwar nicht arm, aber wozu dieser Aufwand gut war, blieb Tom ein Rätsel. Die Alarmanlage im Haus würde sicherlich ausreichend ihren Zweck erfüllen.

Tom nahm seinen Werkzeugkoffer aus dem Auto und öffnete über den Zahlencode das Garagentor. Wie angekündigt steckte der Schlüssel in der Hintertür der Garage, an dem sich auch der Schlüssel zur Gartenhütte befand, um von hier in den Garten zu gelangen. Ein sauberer Kiesweg führte am Pool vorbei in den hinteren Teil des Gartens, wo an der Mauer die Gartenhütte stand.

Auf den ersten Blick, als Tom vor der Tür stand, erkannte er schon das mögliche Problem, weshalb sich die Tür nicht richtig öffnen und schließen ließ. Um seine Vermutung zu bestätigen, musste er zurück an sein Auto um die große Wasserwaage zu holen. Eindeutig neigte sich die Gartenhütte einige Grade zur Seite. Mit etwas Mühe öffnete Tom die Tür, sehr darauf bedacht diese nicht zu beschädigen. Im Inneren der Gartenhütte lagerten neben dem herkömmlichen Poolbedarf, ebenso die Gartengeräte. Was war auch anderes zu erwarten, dachte sich Tom. Nun galt es heraus zu finden wo und weshalb sich die Hütte verzogen hatte. Tom räumte die groben Teile in den Garten um Platz zu schaffen, damit er sich einen Überblick verschaffen konnte.

In der linken hinteren Ecke stand eine große schwarze Holzkiste mit eisernen Verschlägen, die länge, schätzte Tom auf circa 1,50m und hätte von der Höhe und Tiefe gut und gerne als Sitzbank dienen könnte. Tom rückte sie von der Wand weg, um an die hintere Wand zu gelangen. Erst jetzt bemerkte er die rote Flüssigkeit, die sich unterhalb der Kiste gesammelt hatte, der ganze hintere Boden war davon bedeck.

Kalt lief es Tom den Rücken herunter und sein Kopfkino spielte verrückt. Nach gut einer Minute, die er starr vor der Kiste verweilte, hielt er seine Gedanken an. Wieso kam ihm ausgerechnet jetzt der Fleck von seinem speziellen Kunden in Apollo Beach in den Sinn? Die Härchen auf seinen Armen hatten sich wieder gelegt als Tom zaghaft die Truhe öffnete. Tom wollte sich über den Inhalt der Truhe einen Überblick verschaffen, um der Flüssigkeit, die sich darunter befand, auf den Grund zu gehen.

Als langsam Licht in die Truhe fiel, erkannte Tom mehrere 10-Liter-Kanister und einige Umzugsdecken. Jetzt musste er selber über sich und seine blöden Gedanken lachen. Fakt war, dass einige der Behälter undicht waren und sich ihr Innhalt auf dem Boden verteilte. Tom konnte nicht herausfinden, um was es sich bei der Flüssigkeit handelte, also lies er schön seine Finger davon. Das wollte er zuerst mal mit Pam klären.

Unterhalb der Kiste, wo sich die Lache bildete, entdeckte Tom einen feinen Riss in der Betondecke, auf der die Hütte stand.

»Na da haben wir ja den Übeltäter«, entfuhr es Tom laut. Scheinbar hatte sich durch den Riss und das Gewicht an dieser Stelle die Bodenplatte gesenkt und somit den Rahmen der Hütte verzogen.

Na das wird teuer liebe Pam, dachte sich Tom. Notdürftig räumte Tom die Sachen zurück in die Gartenhütte und schloss die Tür lediglich bis zum Anschlag. Als die Garagentür in die Verriegelung ging, setzte sich Tom in sein Auto und trat endlich die Heimfahrt an.

Part 9

Tom bemerkte schon früh den großen Pick-up, der in seiner Einfahrt stand, als er auf sein Haus zufuhr. Na da schau her, dachte sich Tom. Bill und Kate sind wohl neugierig was ich zu berichten habe. Tom betrat die Terrasse, wo sich Mona mit Kate und Bill angeregt unterhielt.

»Na endlich«, rief Bill, der Tom als Erster erblickte. »Was gibt es Neues aus Ruskin«, wollte er sofort wissen.

»Hi Kate, Hi Bill, Hi Schatz« Tom begrüßte seine Freunde und gab Mona einen Kuss.

»Man du warst aber lange bei Pam, wir warten schon eine ganze Weile auf dich. Was gab es denn so Dringendes bei ihr zu tun«, fragte gleich Mona.

»Nichts Besonderes, ihre Gartenhütte hat sich verzogen und ich musste sie fast gänzlich ausräumen, um den Grund dafür zu ermitteln.«

»Nun erzähl schon von Ruskin, Mona sagte das dort heute früh ein kleiner Junge entführt wurde«, fiel Bill ihm ungeduldig in seine Ausführung. »Aber in den Nachrichten wurde noch nicht darüber berichtet.«

»Ich weiß auch keine Details darüber. Als ich heute Morgen zu Mike kam, fuhr gerade der Sheriff vom Hof. Mike und Dave erzählten mir darauf hin, dass der Sheriff einen roten Dodge Van sucht, der eventuell etwas damit zu tun haben könnte. Das war es auch schon« erklärte Tom.

»Etwas später fiel mir dann ein, ich könnte doch mal versuchen mithilfe der Cin-Box an den Punkt zurück zu gehen, wo der Dodge gesichtet wurde. Eventuell sehe ich, wie es passiert ist, wer es war und vor allem ob dieser Dodge der gleiche ist, den ich in der Brandnacht gesehen habe.«

»Und dann sitzt du hier noch seelenruhig herum«, sagte Kate gänzlich aufgeregt und nervös. »Ich platze gleich vor Aufregung.«

Tom musste schmunzeln, »mir geht es nicht anders Kate, aber um mich zu konzentrieren, brauche ich ruhe und muss erstmal selber runterkommen.«

»Du erwartest jetzt nicht ernsthaft, dass ich warten muss, wenn so ein Ereignis unmittelbar bevorsteht.«

Alle konnten sehen, dass Kate kurz vor dem Platzen stand. Verständnislos schaute sie in die Gesichter ihrer Freunde.

Mona unterbrach das Schweigen. »Ich glaube Tom hat recht, in dieser Situation könnte ich mich auch nicht konzentrieren und anders geht es wohl nicht.«

»Was haltet ihr davon, wenn ihr heute die Nacht bei uns verbringt und ich schlage sofort Alarm, wenn ich soweit bin«, schlug Tom vor. »Wie wir beim Pow Wow gelernt haben, bringen die verbrannten Kräuter, wie Salbei und Sweetgras Kraft und Ruhe. Ich glaube, ich kann das heute gut gebrauchen. Lasst uns nach dem Essen dieses Ritual abhalten. Dann wird es mir besser gehen.«

»Tom hat recht, das wird uns alle etwas runter bringen«, meinte Mona.

»Das hat in New Hempshire prima funktioniert, wieso also nicht auch hier.«

Kate und Bill stimmten dem Vorschlag mit Freude zu. »Dann los lasst uns etwas zum Essen machen. Ich hole das Rezept von Nadie, das war echt lecker«, Mona und Kate sprangen auf und verschwanden in der Küche.

»Ich könnte jetzt einen Whisky vertragen«, meinte Bill.

»Na dann besorge ich mal das Feuerwasser«, gab ihm Tom grinsend recht.

Nach dem Essen leitete Tom die Zeremonie ein. In einer großen Feuerschale entfachte derweil Bill das zentrale Lagerfeuer, in dem nach und nach die verschiedenen Zutaten wie Tabak, Salbei und Sweetgras verbrannt werden. Mona mochte Lavendel besonders gern. In Hintergrund lief eine CD mit den Trommeln und der Flöte. Sicher es entsprach nicht der natürlichen Umgebung aus dem Lager der Indianer, jedoch erfüllte es den Zweck der Handlung. Nach den Gebeten, den Danksagungen und der Ehrung ihrer Vorfahren fühlten alle den erwünschten tiefen Frieden in sich.

Mona reichte nun Tom die Cin-Box, die sie aus dem Tresor entnommen hatte, wo sie sicher aufbewahrt wurde. Tom schloss die Augen und konzentrierte sich auf den Platz in Ruskin sowie den Tag und die Zeit, in der der Dodge gesichtet wurde. Wie schon bei den letzten Versuchen begann ein kribbeln in seinen Fingern, das langsam die Arme emporkroch. Über seinen Körper schloss sich der Kreis und Toms Sinne vernebelten sich. Langsam verschob

Tom die kleinen Riegel der Cin-Box. Gebannt und schweigend saßen Mona, Kate und Bill vor Tom und verfolgten die Geschehnisse.

Tom befand sich nun etwas abseits von der Schulbushaltestelle. Vereinzelt führen Autos in beiden Richtungen die Straße entlang, da der morgendliche Berufsverkehr noch nicht begonnen hatte. Tom sah, wie auf der gegenüberliegenden Straßenseite Dave auf das Gelände fuhr und die Werkstatt betrat. Keine zwei Minuten später erreichte auch Mike sein Ziel und verschwand im Büro. Wieder herrschte absolute Ruhe, wo niemand zu sehen war. Nervös lief Tom an der Haltestelle auf und ab, bis er sich ungeduldig an einen kleinen Weg zwischen zwei Häusern stellte, um weiter zu warten. Endlich erschien am Horizont ein Auto, das sich auf ihn zu bewegte. Tom trat einen Schritt nach vorne, um besser erkennen zu können, um welches Fahrzeug es sich handelt. Soviel stand schon mal fest, das es sich um einen dunklen Van handelte. Beim Näherkommen erkannte Tom eindeutig einen alten rostroten Dodge Van, der direkt auf die Haltestelle zufuhr. Tom blickte rasch um sich, konnte aber weit und breit keinen kleinen Jungen sehen. Mittlerweile hatte der Dodge die Haltestelle erreicht und hielt an. Der Fahrer stieß die Beifahrertür auf und fluchte vor sich hin. Tom stockte der Atem, er konnte nicht glauben, wer am Steuer des Wagens saß. Erst jetzt bemerkte er den Mann, der aus der kleinen Seitenstraße kam und in den Van sprang. Er schlug die Tür zu und schon brauste der

Dodge davon. Im Horizont erkannte Tom wie sich der Schulbus der Haltestelle näherte.

Tom kehrte enttäuscht in die Realität zurück. Als er kurz darauf seine Augen öffnete, blickte er in die Gesichter seiner Frau und seinen Freunden, die ihn mit großer Spannung anstarrten.

Kate war die Erste, die das Schweigen brach und aufgeregt fragte. »Und ... hat es geklappt ... was ist passiert ... nun rede schon Tom.«

Tom sortierte noch seine Gedanken bevor er anfangen konnte sein Erlebtes zu schildern. Seine erste Frage war »Wie lange war ich weg.«

Mona sah auf die Uhr und meinte »circa 20 Minuten«

»Genau gesagt exakt 24 Minuten«, meinte Bill. »Wir konnten deine Mimik verfolgen mehr nicht. Du hast dich weder bewegt noch geredet. Hast du nun etwas gesehen, was uns weiterhilft?«

»Ja und Nein«, begann Tom zu erzählen. »Eine Entführung hat es dort definitiv nicht gegeben, jedoch konnte ich klar den Fahrer des Dodge erkennen.«

»Und?«, fragte Kate als Tom eine kleine Pause machte.

»Sei nicht so ungeduldig, gib im etwas Zeit«, ermahnte sie Bill.

Tom musste schmunzeln, dann erklärte er:

»So eine Nase vergisst man eigentlich nicht, obwohl ich gestehen muss, dass ich sie erstmals verdrängt hatte. Als ich euch damals von der Brandnacht erzählte, hatte ich das Gefühl, etwas übersehen zu haben. Jetzt fiel es mir wieder ein. Es war die Nase den Fahrers. Diese zwei Typen haben den Trailer in Brand gesteckt. Demzufolge haben sie auch etwas mit den Entführungen und den Morden zu tun.«

»Na das nenne ich doch einen Erfolg, somit sind wir doch einen Schritt weiter.« Bill rieb sich triumphierend die Hände.

»Ich habe die Beiden auch schon im wahren Leben getroffen.« Tom grinste.

Alle horchten sofort auf. »Wie? Du kennst, die Beiden?«, fragte Kate.

»Nicht direkt, als ich das Restaurant von Linda in Tampa verlies, bin ich fast mit der Nase zusammengestoßen«, berichtete Tom weiter.

»Na möglicherweise gehen sie dort öfters hin und eventuell kennt Linda die Zwei«, entfuhr es spontan Mona.

»Genau, und deshalb werde ich ihr morgen mal einen Besuch abstatten«, bestätigte ihr Tom.

»Ich komme auf jeden Fall mit«, fügte Bill sofort an. Das Schauspiel muss ich mir ansehen und außerdem ist es sicherer, wenn wir zu zweit sind. Ich möchte keine Überraschung erleben.

»Ja Tom, lass Bill mit dir gehen«, warf gleich Mona ein.

»Mit solche Typen ist sicher nicht zu spaßen.«

Tom und Bill trafen sich am späten Vormittag, um gemeinsam nach Tampa zu fahren. Linda wird das Restaurant erst gegen 11 Uhr öffnen, somit hatten die Beiden genügend Zeit, um zu besprechen, wie sie am unauffälligsten vorgehen werden, ohne einen Hinweis preiszugeben, weshalb sie sich für die Zwei interessierten. Als ihr Plan feststand, fuhren sie mit Bills Pick-up los, um dem Besuch einen privaten Rahmen zu geben.

Knapp eine Stunde später parkte Bill seinen Wagen direkt vor dem Restaurant. Gemeinsam betraten sie das Restaurant und sahen sich um. Lediglich 4 Gäste saßen an zwei Tischen weit abseits vom Thekenbereich. Tom und Bill traten an die Theke, um ihre Bestellung aufzugeben.

»Hey Tom, schön dich zu sehen, Linda ist noch nicht hier, sie hat gar nicht gesagt, dass du heute kommst.«

Peggy, eine zierliche junge Frau mit wuscheligen roten Locken war Lindas rechte Hand und kannte Tom sehr gut.

»Hey Peggy meine hübsche, ich komme ja auch nicht, um zu arbeiten. Mein Freund und ich würden gerne etwas essen, sofern eure Küche noch intakt ist.«

Peggys Wangen röteten sich etwas und sie drehte ihren Kopf zur Seite:

»Schmeichler, was darf es denn sein?« Verlegen sah sie auf Bill, der sie nur freundlich anlächelte.

»Ich denke mal, wir nehmen das Philly Cheese Steak Sandwich oder was meinst du Bill? Ach übrigens darf ich dir meinen Freund Bill vorstellen? Bill, das ist Peggy, die hübscheste Serviererin weit und breit, Peggy, das ist Bill.« Peggy wurde nun knallrot und meinte nur »Hi Bill, schön dich zu treffen.«

Bill setzte noch einen drauf und meinte ganz trocken, »wenn das Sandwich so toll aussieht wie Peggy, kann es ja nur gut sein.«

Das brachte Peggy nun ganz aus dem Konzept. »Ich glaube ihr beide braucht einen kalten Drink, hier sind eure Becher und nehmt viel Eis. Ich sage bescheid, wenn die Sandwiches fertig sind.«

Tom lächelte und zwinkerte Peggy zu. »Wir bleiben hier vorne am Stehtisch da hab ich einen besseren Ausblick Mon Amour.«

Peggy lächelte und legte ihren Kopf zur Seite »Wie geht es eigentlich deiner Frau Tom.«

»Danke gut, sie sitzt zuhause und ist unsterblich in einen tollen Typ verliebt. Ich glaube du hast ihn auch schon mal gesehen.«

»Du redest doch nicht etwa von dir Tom«

»Oh doch, ich kenne sonst keinen anderen tollen Typen.« Tom lachte sie an, »oder meinst du den mit der super Nase, der das letze Mal hier war, kannst du dich an den noch erinnern?« Gespannt wartete Tom auf Peggys Reaktion.

Peggys Gesicht wurde ernst. »Mach in seiner Gegenwart bloß keine Witze, das ist ein fieser Schläger und legt sich mit jedem an.«

Gut, sie kannte ihn also. Jetzt vorsichtig vortasten dachte sich Tom. »Oh, kennst du ihn näher oder kommt er öfters hier her?«, fragte Tom sehr zaghaft und mit ernster Miene.

»Nein, er und sein Kumpel arbeiten für Pam. Ab und zu machen sie Besorgungen oder so, dann bringen oder holen sie etwas aus dem Kühlhaus. Ich bin immer froh, wenn er weg ist.«

Bill machte Tom verständlich nicht weiter zu bohren, »Ich glaube wir müssen los Tom, lass uns die Sandwich unterwegs essen sonst kommen wir zu spät«, meinte Bill laut.

»Tom verstand, was Bill meinte, sah auf seine Uhr und sagte mit einem Lächeln, » Peggy, sei mir nicht böse, das nächste Mal habe ich mehr Zeit für dich, was bekommst du für das Essen?«

»Schon gut Tom, geht aufs Haus, ich sage Linda, dass du da warst.« Peggy gab ihm ihr schönstes Lächeln.

»Ja tu das, ich danke dir meine Hübsche bis die Tage dann.«

Zufrieden mit den Informationen, die sie erhielten, verließen Tom und Bill das Restaurant und fuhren Richtung Heimat.

»Na das bringt uns doch einen großen Schritt weiter«, meinte Bill im Auto.«

»Das schon, aber wie können wir ihnen etwas Beweisen oder was möchtest du dem Sheriff erzählen.«

»Ich werde erst mal Pam eine Zeit lang observieren, wenn ich das Auto mit dem Nasenmann sehe, haben wir schon mal das Nummernschild und das wiederum führt uns zum Halter und seinem Wohnort. Den Sheriff halten wir erst einmal raus, bis wir ein Bewegungsprofil haben. Ich wette die Polizei hat andere Spuren, denen sie folgt.«

Tom grübelte über Bills Worte nach, ja er wird schon recht haben, dachte er sich. Wozu die Pferde scheu machen. Tom musste sowieso zu Pam und mit ihr über die Gartenhütte reden. Mit etwas Glück konnte er bei ihr ebenso einige Informationen erhalten, um der Sache nachzugehen. Bill brachte Tom nach Hause, um sein Auto zu holen. Natürlich warteten dort schon Mona und Kate fieberhaft, um zu erfahren was die Beiden heraus bekommen haben. Im Anschluss machte sich Tom gleich auf den Weg zu Pam nach St. Petersburg in ihr Restaurant.

Tief in seinen Gedanken versunken, legte er die Strecke von gut einer Stunde hinter sich. Noch immer wusste er nicht so recht, wie er die Sache anpacken sollte. Schließlich konnte er wohl kaum Pam fragen, was für schräge Vögel sie da beschäftigt. Sollte der Nasenmann wirklich so ein finsterer Geselle sein, wunderte sich Tom, das Pam mit ihm Geschäfte macht. Bisher hatte er immer den Eindruck, dass Pam auf die gehobene feine Gesellschaft Wert legt. Und vor allem was wusste sie über die Beiden. Aus eigener Erfahrung war sich Tom sicher, das Pam sehr genau die Personen hinterleuchtet, bevor sie regelmäßig mit ihnen in eine Geschäftsbeziehung tritt.

Tom traf Pam in ihrem Büro, wo er wie üblich freundlich empfangen wurde. Nach dem üblichen Small Talk kam Pam auch gleich auf den Punkt und erkundigte sich, was nun die Ursache der verklemmten Türen ihrer Gartenhütte wohl sei. Tom schilderte so plastisch wie möglich, dass wahrscheinlich durch das Eindringen der Flüssigkeit in den Beton und das Gewicht der Truhe die Bodenplatte brach. Voraussetzung dafür war wohl, dass das Erdreich darunter eingesunken ist. Das war nun der Grund, das sich die Gartenhütte verzog und die Türen klemmten.

»Die Frage stellt sich mir jetzt, warum hat sich die Erde gesetzt, das ist ja schon etwas ungewöhnlich«, meinte Tom zu Pam. »Wenn wir die Ursache kennen, kann die Hütte etwas angehoben und der Hohlraum gefüllt werden.«

Pam schwieg einen Augenblick, Tom konnte sehen, wie es in ihren Gedanken arbeitete. Ihr freundliches Lächeln, das sie stets ausstrahlte, war schon während Toms Ausführungen gewichen.

»Nun gut Tom, ich werde mir das Ganze noch einmal durch den Kopf gehen lassen und sag dir später Bescheid. Lass mich schon mal deine bisherige Rechnung begleichen.«

»Danke Pam, da gibt es nichts zu berechnen, das gehört zu meinem Service.« Tom war etwas perplex über Pams Reaktion, für gewöhnlich, entsprach es nicht ihrer Art so zu handeln. Immerhin kannte er sie nun schon einige Jahre.

»Ruf mich einfach an, wenn du dich entschieden hast.«

Leider war damit auch der Small Talk beendet und Tom verlies enttäuscht, ohne weitere Informationen über den Nasenmann erhalten zu haben, Pams Büro und das Restaurant. Sein Heimweg führte wie üblich über die Sunshine Skyway Bridge, wo sich der Golf von Mexiko mit der Tampabay vereinigte. Seine Gedanken wiederholten noch immer den Gesprächsverlauf mit Pam. Immer wieder loopte die Scene wie bei einem Rekorder, der auf Wiederholen stand. Es half nichts, Tom verlies kurz hinter der Brücke die Interstate und bog ab, um auf den Fishing Pier zu gelangen. Der Blick über das Meer und die Ruhe würden seine Gedanken hoffentlich ordnen.

Eine geschlagene Stunde verbrachte Tom am Geländer der Pier und sah auf das Meer hinaus. Seemöven und Pelikane zogen ihre Kreise und hielten Ausschau auf die Innereien der ausgenommenen Fische, die die Angler zurück ins Meer warfen. Ja, es stimmt, was man über das Meer sagt, es beruhigt die Seele der Menschen. Etwas weiter auf dem Golf zogen einige Delfine vorbei, als ein lautes dunkel dröhnendes Horn Tom aufschrecken lies. Eines der großen Kreuzfahrtschiffe verlies die Tampa Bay um seine Reise auf dem Golf von Mexiko fortzusetzen. Kurz schaute Tom dem Riesen Schiff hinterher und fragte sich, welchen Kurs es wohl nehmen wird. Eventuell Mexiko oder an Key West vorbei zu den Bahamas.

Tom entschloss sich, auf jeden Fall erstmal nach Hause zu fahren. Gerade als Tom an der Einmündung zur Interstate stand, fuhr ein rostroter Dodge an ihm vorbei. Klar und deutlich erkannte Tom die beiden Insassen und der Fahrer trug die unvergessliche Nase im Gesicht, die sich tief in Toms Gedächtnis eingebrannt hatte. Ein kalter Schauer lief Tom über den Rücken, gefolgt von einer Hitze, die ihm in den Kopf stieg. Der Dodge war schon etliche

Längen an ihm vorbei bis Tom reagierte und Gas gab. Diese Gelegenheit wollte er sich nicht entgehen lassen und folgte dem Dodge. In gebührendem Abstand, versuchte Tom nicht mehr als zwei bis drei Autos zwischen ihnen zu dulden. Ihr Weg führte Richtung Tampa. Bei Sun City verließen sie die Interstate Richtung Ruskin. Von dort bogen sie auf den Highway 41 nach Apollo Beach und von hier direkt in eine geschlossene Wohnsiedlung. Hier konnte Tom dem Wagen nicht mehr folgen. Von Weitem sah er noch, wie der Dodge hinter dem Gate verschwand. In dieser Siedlung wohnten einige von Toms Kunden, unter anderem auch der, mit den Möbeln der besonderen Art.

Schon wieder rotierten Toms Gedanken, welche Verbindung besteht zwischen Pam, dem Nasenmann, den verschwundenen Kindern und welches Ziel verbarg sich hinter diesem Gate. Tom entfernte seinen Wagen soweit, dass er nicht gleich gesehen werden konnte, er aber wiederum das Gate im Blickfeld behielt. Nach 45 Minuten zuckte Tom zusammen, als sein Handy klingelte. Oh Gott, Mona. »Hi Schatz.«

»Tom, wo steckst du denn, du wolltest doch nur kurz zu Pam. Kannst du dich nicht melden, wenn es länger dauert, man ich mach mir sorgen.«

»Du hast ja recht Schatz, mir kam noch etwas dazwischen. Ich bin gerade in Apollo Beach, ich komme gleich heim, dann erzähle ich dir alles. In 15 Minuten bin ich zuhause ok?«

Tom brach seine Observation ab und fuhr nach Hause. Mona sollte sich nicht weitere Gedanken machen. Immerhin war es nicht seine Sache, den Fall zu lösen.

Zuhause angekommen schilderte Tom beim Abendessen Mona den Ablauf des Nachmittags bei Pam in Restaurant, dem Abstecher auf der Fishing Pier und das unerwartete Treffen mit dem Nasenmann.

»Meine Güte Tom passe bloß auf, dass du, da nicht in etwas herein gezogen wirst, was du später bereust. Hier geht es um Entführung und Mord, nicht um irgendwelche harmlosen Tricksereien. Mit solchen Leuten ist nicht zu spaßen. Auf eine Leiche mehr oder weniger kommt es denen nicht an. Und glaube mir ich, möchte dich gerne noch ein Weilchen behalten.«

»Du hast ja recht Schatz, es ist eben so mit mir durchgegangen. Ich glaube nicht, dass die Beiden etwas von meiner Verfolgung mitbekommen haben. Morgen rede ich noch mal mit Bill darüber und dann bin ich erstmals raus aus der Sache.« Mona sah ihn liebevoll an und gab ihm einen Kuss. »Danke.«

Part 10

Ein herrlicher Morgen begrüßte Mona und Tom. Nach einer ausgiebigen Dusche begaben sich beide in die Küche, um das Frühstück vorzubereiten. Wie üblich lief das Morgenprogramm von Fox 13 im TV und berichtete über die Ereignisse der Region. Dorothy Keller berichtete gerade über die Vermissten Kinder, unter denen sich seit Neustem auch ein kleiner Junge befand. Ein aufgezeichnetes Gespräch mit dem hiesigen Sheriff Ron Myers enthüllte im groben die Ergebnisse der Autopsie der aufgefundenen Leichen.

Mit einem Aufruf an die Bevölkerung für Hinweisen zeigte der Sender ein Phantombild der mutmaßlichen Täter und die Kontakt Information der Polizei. Tom erkannte klar und deutlich den Nasenmann und seinen Kumpel. Gebannt verfolgten Mona und Tom dem Beitrag. Beide erschraken, als im gleichen Augenblick das Telefon auf dem Tisch klingelte. Tom nahm das Gespräch entgegen und Bill meldete sich am Ende der Leitung.

»Tom, in der Zeitung sind Phantombilder der beiden gesuchten Entführer, die musst du dir unbedingt ansehen. Der eine könnte der Nasenmann sein, du hast ihn ja schon persönlich gesehen.«

»Ja, das sind die Beiden. Eben kam es auch auf Fox 13. Da wurden die Phantombilder auch gezeigt. Scheinbar ist die Polizei ihnen auf der Spur. Ich komme gleich mal bei dir vorbei und erzähle dir was ich gestern gesehen hab. Ich möchte nur zu Ende Frühstücken.«

»Na dann lag ich doch mit meiner Vermutung richtig. Ok, bis gleich Tom.«

20 Minuten später fuhr Tom bei Bill vor und betrat das Haus. »Ron, ich ruf dich gleich noch mal an, mein Informant kommt eben zur Tür herein.« Bill beendete das Telefonat und legte sein Handy auf den Tisch.

»Das war der Sheriff, ich wollte wissen, woher er die Bilder der Beiden bekommen hat. Er sagte mir, dass er einen Tipp bekommen hat, dass Kinder von zwei Personen aus dem Trailer verjagt wurden, der kurz darauf mit den Leichen abbrannte. Sie sagten, dass sie die neuen Besitzer sind und das sie sich nie wieder dort blicken lassen sollten. Mit den Aussagen der Kinder konnten sie die Phantombilder anfertigen. Im Anschluss stellte sich heraus, dass es keine neuen Besitzer gab. Ebenso fuhren die Beiden einen alten roten Dodge.«

»Na super, das erspart uns einige Erklärung bei ihm«, meinte Tom. »Ich habe dir doch erzählt, dass ich gestern noch zu Pam gefahren bin. Eigentlich wollte ich einiges über den Nasenmann und seinen Kumpel erfahren aber irgendwie ist das Gespräch anders verlaufen, als ich wollte.«

»Ja und«, fragte Bill.

»Nun, ich machte auf der Heimfahrt einen Stop an der Fishing Pier hinter der Skyway Bridge. Dort habe ich schließlich den Dodge getroffen und bin ihm gefolgt. Erst am Gate in Apollo Beach habe ich ihn verloren und glaube mir die Beiden haben mit absoluter Sicherheit kein Haus dort.«

Bill runzelte seine Stirn und überlegte. »Aber zu wem wollten sie, ohne Genehmigung lässt sie der Wachmann nicht rein«, stellte Bill fest.

»Genau, das währe jetzt die Aufgabe des Sheriffs herauszufinden«, erwiderte Tom mit einem breiten Lächeln. »Ich kann die Kerle ja durch Zufall gesehen haben und brauch ihm nichts von meinen Rückreisen und der Cin-Box zu erzählen.«

Bill war von der Idee begeistert, »Ich rufe nur Ron an und sage ihm das wir kommen. Na der wird Augen machen, ihm muss der Wachmann Auskunft geben, zu wem die Beiden wollten. Und vor allem wer die Beiden sind.«

Zwei Tage später nahm sich Tom den Teich von Mike vor. Schnell war die Erde für das zusätzliche Becken ausgehoben und der Zugang für das obere Becken gelegt, sodass er nicht sichtbar war. Etwas schwieriger gestaltete sich der Überlauf zurück in das neue Becken. Hier musste Tom genau die Wassermenge berechnen, um die Fließgeschwindigkeit in die entgegengesetzte Richtung zu Gewehrleisten. Am späten Nachmittag war sein Werk im groben vollbracht, die Fließgeschwindigkeit erfüllte Toms vollste Zufriedenheit und war im Notfall sogar regelbar. Im Anschluss wartete die Teichanlage nur noch auf die landschaftliche Gestaltung und Bepflanzung. Aber das sollte

Mike schon selber übernehmen, für Tom war hiermit sein Werk erledigt. Tom holte sich aus dem Kühlschrank ein Bier und wartete auf Mike, der sich das Wunderwerk betrachten wollte.

Keine 10 Minuten später erschien auch schon Mike, der mehrfach um die Anlage lief und aus dem Staunen nicht herauskam.

»Tom, eins muss man dir schon lassen. Wenn du sagst, es dauert einen Tag dann dauert es auch nur ein Tag. Und ehrlich gesagt konnte ich mir nicht vorstellen, dass du es so gut hinbekommst und das auch nur mit einer Pumpe. Ich konnte mir beim besten Willen nicht vorstellen, wie das funktionieren sollte.«

Mike holte noch zwei Bier und setzte sich zu Tom auf die Bank, von der sie einen tollen Blick auf das Hauptbecken vor der Wurzel hatten.

Ganz nebenläufig fragte Mike nach einigen Minuten des Schweigens.

»Hast du eigentlich mitbekommen, dass sie heute Morgen einen der Kidnapper gefunden haben?«

Tom schreckte auf und verschüttete etwas von seinem Bier.

»Ehrlich? Wo haben sie ihn denn erwischt«, fragte Tom vollkommen aufgeregt.

Vollkommen unbeeindruckt meinte Mike: »Er hing unter einer Brücke in Palmetto. Ein Anwohner hat ihn gefunden, als er in der Morgendämmerung mit seinem Boot zum Angeln rausfuhr.«

»Wie hat er sich etwa selbst erhängt?«, fragte Tom und zweifelte selbst an der Tatsache.

»Das bezweifle ich mein Freund. Er war ziemlich übel zugerichtet, weder die rechte noch die linke Hand befanden sich an seinen Armen und seiner Männlichkeit wurde er auch beraubt.«

Mike saß immer noch cool auf der Bank und hielt völlig unbeeindruckt den Blick auf seinen Teich gerichtet. Tom wiederum konnte kaum glauben, was ihm Mike soeben berichtete.

»Das ging aber schnell«, brachte Tom lediglich empor.

»Ich hab dir doch gesagt, wenn die den Jungs hier in die Finger falle, haben sie nichts zu lachen. Scheinbar war der Typ hier bekannt, keine Wunder bei der Nase.« fügte Mike noch hinzu.

»Ach der mit der riesen Nase, ja der fällt auf und was ist mit dem Anderen?«, fragte Tom.

»Das ist nur eine Frage der Zeit«, fügte Mike trocken hinzu.

Tom verließ das Grundstück von Mike und überlegte sich, Bill zu kontaktieren. Verwarf aber den Gedanken und lenkte seinen Wagen nach Hause. Das hat später noch Zeit schoss ihm durch den Kopf, erstmals wollte er Mona darüber berichten. Ach sieh mal einer an, kam ihm in den Sinn und ein breites Lächeln machte sich breit. Tom sah am Ende der Straße schon Bills Pick-up vor seinem Haus stehen. Demzufolge hatte die Nachricht auch ihn schon erreicht. Mona, Kate und Bill saßen wie üblich auf der Terrasse und unterhielten sich angeregt als Tom durch die Tür zu ihnen auf die Terrasse traf.

»Tom, ich habe Nachrichten für dich«, rief Bill sofort, als er Tom erblickte.

Tom musste grinsen: »Lass mich raten Bill. Der Sheriff hat heute Morgen den Nasenmann von einer Brücke in Palmetto gepflückt. Und nicht so, wie er es sich vorgestellt hat.« Triumphierend musste Tom lachen.

Enttäuschst sah ihn Bill mit offenem Mund an:

»Woher hast du die Information, das ist in der Bevölkerung noch völlig unbekannt.« Mona und Kate sahen sich nur an und staunten.

»Ja Bill, die Buschtrommeln sind schneller als der Sheriff oder die Reporter.«

Tom saß nun mit am Tisch und sie tauschten ihre Informationen aus. Bill kannte jedenfalls mehr Details über den Leichnam als Tom. Natürlich nur ganz im Vertrauen von Ron. Immerhin hatten Tom und Bill wertvolle Informationen an ihn weiter gegeben. Wahrscheinlich fiel das unter „übel zugerichtet" wie sich Mike ausdrückte. Anstelle seines Herzens befand sich ein Pflasterstein in seiner Brust und ein gewaltiges Rinderhorn steckte tief in seinem Hinterteil. Abgesehen von Schnitt- und Brandwunden, die auf seinem Körper verteilt waren. Anhand der Verletzungen vermutet der Sheriff, dass man einige Informationen aus ihm heraus gepresst hat. Leider konnte er diese nicht mehr an den Sheriff weitergeben, worüber Ron sehr sauer war.

Mittlerweile konnte sich Ron ausmalen das Donald, wie der Nasenmann hieß, und sein Kumpel nur Handlanger waren und jemand ganz anderes hinter der Sache steckt. Diese wichtige Information konnte er jetzt vergessen. Ron befürchtet, dass weitere Selbstjustiz um sich greift, da einige ihm einen Schritt voraus sind.

Erst in den Abendnachrichten wurde von dem Fund des Gesuchten berichtet, jedoch bei Weitem nicht über den Zustand, in dem sich der Leichnam befand. Wieder wurde die Bevölkerung aufgerufen, Informationen an die Behörden weiter zu geben. Selbstverständlich konnte die Polizei das Vorgehen der selbst ernannten Richter nicht für gut heißen und warnte vor Straftaten, die der Justiz unnötig die Arbeit erschwert.

»Na dann mal viel Glück«, meinte Tom, als er die Nachrichten verfolgte. »Das sehen wohl die Familien der Betroffenen ganz anders.« Mona, Kate und Bill stimmten mit dem überein.

Obwohl hier in den Staaten die Strafen viel härter ausfallen, gibt es wie überall findige Anwälte, die ein Hintertürchen finden, durch die man sich freikaufen kann, sofern man über das nötige Kleingeld verfügt. Da sollte man sich nicht wundern, wenn der kleine Mann sich dazu entscheidet, die Gelegenheit auf gerechte Weise zu regeln.

Bill, der einst selber als Anwalt fungierte, gab Tom recht. Er selbst hatte zu seiner Zeit alle Fälle abgelehnt, sofern er nicht von der Richtigkeit seines Handelns überzeugt war. Das schadete zwar seinem Ruf, stärkte aber sein Sinn für Gerechtigkeit.

Ron Myers arbeitete fieberhaft an den Zusammenhängen von diesem Mordfall. Bisher waren Gott sei Dank keine weitern Kinderleichen aufgetaucht, obwohl das leider nichts zu sagen hatte. Nach wie vor gab es keine Spuren von den Kindern und es war zu befürchten, das ihnen das gleiche Schicksal wie den gefundenen bevorstand. Es gab zwei mutmaßliche Täter, wovon einer Tod geborgen werden konnte und der Zweite sich noch immer auf der Flucht befand. Ein alter roter Dodge Van stand auf der Fahndungsliste und zwei Kontakte der mutmaßlichen Täter waren bekannt. Darunter befand sich Mr. Dr. Robert Tampler. Die Befragung des Wachmanns ergab, dass der rote Dodge unregelmäßig zur Adresse der Tamplers gerufen wurde und nach kurzer Zeit die geschlossene Siedlung wieder verließ. Der Grund seines Besuches war dem Wachpersonal nicht bekannt.

Als weitere Kontaktpersonen standen Mrs. Pam Mc Queen und Mrs. Linda Russel. Die eine Imbiss-Kette in Tampa und Sankt Petersburg betrieben.

Auf Rons Plan stand als Erstes die Befragung von Mr. Tampler, da er scheinbar der Letzte war, wo die beiden Tatverdächtigen gesehen wurden. Ron erreichte das Anwesen von Mr. Tampler am späten Nachmittag. Als Antwort auf sein Klingeln meldete sich eine Dame an der Sprechanlage, nach einem kurzen Gespräch öffnete sie persönlich die Tür. Ron zeigte seine Dienstmarke und bat um ein Gespräch mit Mr. Tampler. Zur Antwort erhielt Ron, von der Hausdame, wie sich herausstellte, das Mr. Dr. Tampler sich zurzeit auf Dienstreise in New York befände und er erst am kommenden Montag zurück erwartet werde. Ron fragte nach dem Verhältnis zu den Fahrern des roten Dodge und ihren Aufgeben im Hause der Tamplers. Leider könne sie hierzu keinerlei Angaben machen, da dies nicht zu ihrem Aufgabenbereich gehöre. Und ansonsten währe niemand im Haus, der ihm darüber Auskunft geben könnte.

Ron bedankte sich und verlies das Anwesen der Tamplers. Er stieg in sein Auto und entfernte sich einige Hundert Meter vom Haus, sodass er die Einfahrt noch im Sichtbereich hatte. Irgendetwas stimmte an der Geschichte nicht. Sein Instinkt schlug Alarm. In seinem langen Jahren als Sheriff konnte er unterscheiden, wenn Personen logen oder nicht. Eine gute halbe Stunde beobachtet Ron noch die Einfahrt, bevor er seine Position verließ und das Gate der Siedlung hinter sich lies. Als er aus der Sichtweite des Wachpersonals war, parkte er abermals sein Auto und behielt das Gate im Auge. Es dauerte keine 5 Minuten, als eine schwarze Limousine das Gate passierte und Richtung Tampa verschwand. Die Abfrage des Nummernschildes ergab, das der Wagen auf die Firma von Dr. Tampler zugelassen war. Und der Fahrer war keinesfalls die Hausdame, mit der er gerade noch geredet hatte. Rons Vermutung war richtig. Es mussten sich noch weitere Personen im Haus befunden haben. Gerne hätte er sich im Haus einmal umgesehen, doch ohne ausreichenden Grund war ihm das versagt.

Gut, dachte sich Ron, dann wollen wir mal den feinen Herrn Doktor und sein Haus observieren lassen und fuhr in sein Büro zurück. Auf dem Weg überlegte Ron einen seiner Mitarbeiter zu beauftragen alles über Dr. Tampler heraus zu bekommen, was über ihn zu finden ist. Möglicherweise konnte er sich über diese Information ein grobes Bild verschaffen, ehe er ihn nächste Woche persönlich traf.

Am darauf folgenden Tag fuhr Ron nach Sankt Petersburg zu Mrs. Pam Mc Queen in ihr Restaurant. Mit der Hoffnung hier mehr zu erfahren. Pam empfing Ron freundlich in ihrem Büro, nach einem kurzen Small Talk kam Ron schnell auf den Punkt und fragte Pam, in welcher Beziehung sie mit Donald Edson stand.

»Ja Mr. Edson, da kann ich ihnen nicht sehr viel darüber sagen. Ich hatte ihn mehrfach beauftragt alte Geräte und Möbel zu entsorgen oder wenn sich zu viel Müll angesammelt hat. Er war zuverlässig und das entsprach meinen Ansprüchen.«

»Woher kannten sie Mr. Edson«, fragte Ron.

»Er stand eines Tages im Restaurant und bot mir seine Dienste als Entsorger an. Das war eine gute Gelegenheit mein Lager zu entrümpeln. Nachdem er dies zu meiner Zufriedenheit erledigt hatte, behielt ich seine Nummer.«

»Was können sie mir von seinem Beifahrer sagen.«

»Das tut mir leid Sheriff, da kann ich ihnen nichts darüber sagen. Ich kenne noch nicht mal seinen Namen.« Pam hatte wie üblich ihr professionelles Lächeln.

»Liegt denn irgendetwas gegen ihn vor, ich habe die Beiden schon lange nicht mehr gesehen«, fragte nun Pam mit unschuldiger Miene.

»Oh Mr. Edson ist kürzlich verstorben und wir suchen seinen Beifahrer, weil wir einige Fragen an ihn hätten. Sollte er sich bei ihnen melden, bitte ich sie, mir bescheid zu geben.« Ron überreichte ihr seine Karte und verabschiedete sich.

»Das tut mir aber leid um Mr. Edson, war er denn krank?« Pam nahm Rons Karte, warf einen kurzen Blick darauf und meinte: »Sollte sich sein Kollege bei mir melden, sage ich ihnen sofort bescheid Sheriff.« Pam erhob sich von ihrem Stuhl, reichte Ron die Hand und begleitete ihn zur Tür.

Ron verlies das Restaurant und dachte sich, was eine falsche Schlange, sie weiß garantiert mehr als sie zugibt.

„War er denn Krank?" Als ob sie nicht genau wusste, dass er zerlegt wurde. Gegen diese Frau ist ein Eiswürfel das reinste Heizkissen. Ron lief einige Meter die Straße herunter und betrachte noch eine Weile den Laden. Seine Gedanken waren bei den Informationen, die er von Bill und

Tom erhielt. Vielleicht solle er mal sein Glück bei der Bedienung in Mr. Linda Russels Restaurant versuchen. Soweit er sich erinnerte, war ihr Name Peggy. Zwischenzeitlich sollte sich mal ein Mitarbeiter von ihm in der Nachbarschaft umhören, ob ihnen etwas Ungewöhnliches aufgefallen ist.

Ron erreichte das Lokal in Tampa, leider fand er lediglich ein Schild an der Tür vor auf dem „Geschlossen" Stand. Laut Öffnungszeiten auf dem Schild im Seitenfenster sollte der Laden aber geöffnet haben. Ein Pärchen gesellte sich eben zu Ron und war ebenso erstaunt wie er selbst, dass das Lokal geschlossen war. Enttäuscht entschlossen sie sich zu gehen und meinten, dass es weiter unten noch ein Lokal gäbe, das sicher offen ist. Ron bedankte sich, ging aber in das Nachbargeschäft. Von dem Inhaber erfuhr Ron, dass das Lokal am Vormittag noch geöffnet war, erst seit knapp einer Stund wurde es geschlossen.

Zurück in seinem Auto überlegte Ron, dass hier etwas mächtig Faul ist. Was gab es zu verbergen, scheinbar wollte keiner seine unangenehmen Fragen beantworten.

Ron nahm sein Handy und wählte die Nummer von Mrs. Mc Queen. Gegen seiner Erwartung nahm sie das Gespräch entgegen.

»Hier ist Sheriff Ron Myers, Mrs. Mc Queen, ich hätte da nochmals eine Frage, was sagt ihnen der Name Dr. Tampler?«

»Hallo Sheriff«, Pam schwieg einen Augenblick.

»Tampler, Tampler ... « wieder etwas ruhe am Ende der Leitung.

»Ach ja, hier Dr. Tampler in Apollo Beach. Ich habe Dr. Tampler einige Male ein Catering gesandt. Ansonsten ist mir Dr. Tampler nicht bekannt«, gab ihm Pam zurück.

»Danke, Mrs. Mc Queen, gibt es einen Grund, weshalb das Restaurant in Tampa von ihrer Tochter geschlossen ist?«

»Nicht dass ich wüsste, meine Tochter berichtete mir, dass ihr Personal in letzter Zeit wegen Krankheit ausfiel, eventuell ist, dass der Grund weshalb geschlossen ist. Kann ich ihnen irgendwie weiterhelfen?«

»Nein danke, sollte ich noch Fragen haben, werde ich mich bei ihnen melden. Einen angenehmen Tag noch Mrs. Mc Queen.«

Ron brach seine Aktion ab und fuhr in sein Büro. Auf halben Weg entschied sich Ron, einen Abstecher bei Bill zu machen. Telefonisch bat er Bill, ob es doch möglich wäre, dass Tom hinzukommen könnte, da sich ihm noch einige Fragen stellten, die Tom eventuell beantworten kann.

Noch bevor Ron Myers das Haus von Bill erreichte, traf Tom bei ihm ein. Zum Glück befand sich Tom in Bills Nachbarschaft und unterbrach seinen Job. Beide waren gespannt, was Ron zu berichten hatte und wie sie ihm weiterhelfen konnten. Ron erreichte 10 Minuten später das Haus von Bill und gesellte sich zu ihnen. Mittlerweile war Ron mit Tom ebenso vertraut wie mit Bill und wusste, dass er frei erzählen konnte, ohne dass etwas nach außen drang.

Rasch erzählte Ron von seinem Treffen mit Pam und ihrem Auftreten ihm gegenüber. Da Tom Pam schon einige Jahre kannte, wollte er gerne seine Meinung dazu hören.

»Nun, ihr Verhalten, so wie du es beschreibst, ist mir gänzlich fremd. Ich kenne Pam als besonders kooperativ und äußerst korrekt. Eigentlich checkt sie jeden, bevor sie eine längere Geschäftsbeziehung eingeht. Wie Peggy uns erzählte, mussten die Beiden auch häufiger mit ihr zu tun gehabt haben, als sie behauptet.«

»Hast du eine Adresse von dieser Peggy oder ihren Nachnamen?«, fragte Ron.

»Nein leider nicht, ich kenne sie auch nur aus dem Lokal und mit ihrem Vornamen. Soviel ich weiß, wohnt sie in einer Nebenstraße. Sie sagte mal, dass es nur 3 Minuten Fußweg sind.«

»Gut, danke das hilft mir schon weiter.« Ron verabschiedete sich und fuhr in sein Büro.

Bill und Tom grübelten noch weiter darüber, in wieweit sie mit der Sache zu tun haben könnte.

»Peggy sagte doch, dass die Beiden immer etwas aus dem Kühlraum geholt oder gebracht haben, Dort lagert für gewöhnlich niemand Sachen zum Entsorgen«, meinte Tom.

»Außer es sind Leichen«, gab ihm Bill zurück.

»Dass schon, aber Peggy sagte, sie waren öfters dort und es sind nur drei Leichen bei zwei Touren gefunden worden. Das würde bedeuten, dass sie nur zweimal bei Linda waren.«

»Eben!, wie du schon sagtest „gefunden worden". Was ist, wenn die Anderen nur noch nicht entdeckt wurden.«

Tom kam mächtig ins Grübeln, war es wirklich möglich, das Pam mit den Entführungen und Morde zu tun hat.

»Bill, ich kann mir echt nicht vorstellen, das Pam Kinder entführt, sie vergewaltigt, misshandelt und tötet. Das macht keinen Sinn.«

»Ja, du wirst wohl recht haben. Trotz allem werde ich morgen noch mal mit Ron darüber sprechen. Der Nasenmann war niemals ein Müllmann.«

»Nein, und das er mehr damit zu tun hatte, wissen wir ja mit Gewissheit. Aber Pam und Linda?«

Die Woche verstrich und die Observation am Haus der Tamplers brachte keine nennenswerten Ergebnisse. Die Limousine verlies das Anwesen hin und wieder um Erledigungen zu tätigen oder Lieferservice brachten alltägliche Dinge. Gärtner kamen, erledigten ihre Arbeit und verließen im Anschluss das Gelände. Ron lies das Wachpersonal am Gate überprüfen, fand aber auch hier keine Unregelmäßigkeiten. Die Hausdame, verlies in der gesamten Zeit nicht einmal das Grundstück. Ein Beobachtungsposten, der sporadisch das Grundstück von der Bay aus beobachtete, meldete, dass sich noch zwei weitere junge Frauen mit Dienstkleidung im Haus befanden und dieses nie verließen.

Die Überprüfung von Dr. Robert Tampler ergab nichts Außergewöhnliches. Für seine 58 Jahre hatte er es weit gebracht und sich ein nettes Vermögen angeeignet. In den Akten gab es einige Verdächtigungen, in denen er in nicht ganz saubere Geschäfte verwickelt sein sollte, jedoch konnte man ihm nie etwas nachweisen. Neben den Mitgliedschaften in verschiedenen High Society Klubs und Golf Klubs, gab es auch einige gehobene SM Klubs, die er sporadisch besuchte. Nicht unbedingt der Saubermann, dachte sich Ron aber wenigstens keine böse Vorgeschichte. Oft hatte er schon ganz andere Geschichten erlebt, wo man schon von vornherein wusste, dass etwas faul ist.

Einer seiner Beobachtungsposten meldete Ron, dass die Limousine sich am Flughafen in Sankt Petersburg befand. Der Flughafen ist sehr klein und gut überschaubar. Mit einem Charterflug erreichte Dr. Tampler in Begleitung einer sehr attraktiven jungen Frau sein Ziel. Trotz der hohen Temperaturen, die heute herrschten, trug die junge Frau ein enges, figurbetontes, schwarzes Lederkostüm. Ohne Zwischenstopp fuhr die Limousine zu seinem Anwesen nach Apollo Beach und verschwand in der Garage. Aufgrund des späten Nachmittags entschied sich Ron, erst am darauf folgenden Morgen Dr. Tampler zu besuchen. Er war sich sicher, das ihm sein Erscheinen schon vor Tagen avisiert wurde.

Gegen 9 Uhr morgens erschien Ron am Eingang des Tampler Anwesens. Noch bevor er die Türglocke betätigen konnte, wurde ihm die Tür von der ihm bekannte Hausdame geöffnet. Mit völlig regungsloser Miene schaute sie ihn an.
»Guten Morgen Sheriff, Dr. Tampler erwartet sie im Kaminzimmer.« Dabei öffnete sie weit die Tür und deutete ihm an einzutreten.
Schau sich das einer an, dachte sich Ron, der Wachmann hatte wohl Anweisung mich sofort zu melden. Also hat man mich schon erwartet. Das erspart mir wohl den Small Talk.

Er wurde bis zu einer Tür geführt, mit einer Handbewegung meinte sie: »Bitte hier hinein Sheriff.«
Ron öffnete die Tür und trat in das Zimmer. Im Augenwinken registrierte er wie eine schlanke Dame durch eine Nebentür das Zimmer verließ und umgehend die Tür hin-

ter sich schloss. Sein geschultes Auge verriet ihm, das sie bis auf ein diamantenbesetztes Halsband und High Heels auf sonstige Kleidung verzichtete.

»Guten Morgen Sheriff, meine Haushälterin hat mir ihr kommen schon angekündigt. Was verschafft mir die Ehre, Sie in meinem Hause willkommen zu heißen.« Dr. Tamplers Worte kamen aus einer völlig anderen Richtung, wo Rons Blick verweilte.

Dr. Tampler erhob sich aus seinem Sessel und trat einige Schritte auf Ron zu. Ron reichte ihm die Hand und stellte sich mit seinem Namen vor. Nach einer freundlichen Begrüßung wies Dr. Tampler auf einen Sessel und bat Ron sich zu setzen.

»Darf ich ihnen einen Kaffe anbieten oder bevorzugen sie lieber einen Tee?«, fragte er höflich.

Nachdem Ron platzgenommen hatte, hob er die Hand, »Danke Dr. Tampler keines von beidem. Ich möchte ihre Zeit auch nicht lange in Anspruch nehmen. Ich habe lediglich ein paar belanglose Fragen zu einem Fall, der zurzeit noch ungeklärt ist.«

Ron spielte die Angelegenheit etwas herunter, um seinen gegenüber das Gefühl zu vermitteln nicht in irgendeinen Verdacht zu stehen, sein Blick war auf Dr. Tampler gerichtet, der in seinem Sessel ebenso platzgenommen hatte. Was ihm auffiel, war ein Kissen, das im rechten Winkel neben seinem Sessel auf dem Boden lag. Den Abdrücken darauf folgerte Ron, dass dies wohl der Platz der jungen Dame war. Ihm war ja schon bekannt, in welcher Scene er sich bewegte und welcher Neigung er sich hingab.

»Oh wirklich, da bin ich aber gespannt, wie ich Ihnen dabei behilflich sein kann.«

»Ich möchte auch nicht lange drum herum reden, es handelt sich hierbei um Mr. Donald Edson. Können sie mir zu ihm etwas sagen?«

»Edson sagten sie? Der Name sagt mir im Augenblick rein gar nichts.«

Theatralisch legte er seine Hand an sein Kinn und tat so als würde er überlegen.

»Mr. Edson war vor geraumer Zeit bei ihnen, das wurde durch Zeugen bestätigt. Er fuhr einen alten roten Dodge Van. Mich würde interessieren, was er bei ihnen zu tun hatte.« Ron blickte ihm intensive in die Augen.

»Hmm, das sagt mir immer noch nichts. Einen Augenblick bitte. Möglicherweise kann uns mein Chauffeur dabei weiterhelfen.«

Dr. Tampler griff zu dem kleinen Tisch, auf dem auch sein Kaffee stand. Griff nach einer Fernbedienung, und drückte auf einen der Knöpfe. Kurz darauf erschien ein

Schrank von Mann in einer schwarzen Anzughose und weißen Hemd.

»Sie wünschen Dr. Tampler.«

Ein starker osteuropäischer Akzent lag in seiner Stimme. Ron vermutete aufgrund seines Namens, dass er eventuell auch aus dem westlichen Russland stammen könnte.

»Don kennen sie einen Mr. Edson, der vor kurzen mit einem roten Dodge Van mein Grundstück betrat?«

»Ja Sir, Mr. Edson hat vor 14 Tagen einigen Sperrmüll für sie beseitigt.«

»Ah, sehen sie Sheriff, das hat sich schon geklärt. Hat er denn unseren Müll unsachgemäß entsorgt?« fragte Dr. Tampler scheinheilig.

»Nein das nicht.« Ron lächelte.

»Hat Mr. Edson des Öfteren für sie gearbeitet und woher kannten sie ihn?«

Dr. Tampler gab die Frage mit einem Handzeichen an seinen Chauffeur weiter.

»Ja aber sehr selten Sir. Seine Telefonnummer bekam ich auf Empfehlung, ich kann mich aber nicht daran erinnern von wem Sir.«

»Könnte es sein, das sie die Empfehlung von Mrs. Mc Queen bekamen?«, fragte Ron und hob die Augenbrauen.

»Ja, das wäre möglich Sir. Mrs. Mc Queen beliefert uns gelegentlich, wenn wir eine Gesellschaft geben.«

»Stellt ihnen Mrs. Mc Queen auch das Servicepersonal oder ist sie Anwesend?«

»Nein Sir, Mrs Mc Queen liefert lediglich. Der Service obliegt unserem Haus.«

»Ah, gut zu wissen. Ja, das wären auch schon alle Frage, die ich hatte. Ich danke Ihnen für ihre Hilfe.«

Ron erhob sich von seinem Platz.

»Wäre das alles Sir«, fragte Don seinen Arbeitgeber.

»Ja sie können gehen Don.« Dr. Tampler erhob sich ebenfalls. Don verneigte sich lautlos vor beiden und verließ das Zimmer.

»Sheriff, ich hoffe, wir konnten ihre Fragen beantworten. Hat Mr. Edson denn etwas Schlimmes angestellt, weshalb sie sich persönlich darum kümmern?«

»Das kann ich noch nicht sagen, aber Mr. Edson kam unter etwas merkwürdigen Umständen ums Leben.«

»Oh das ist aber bedauerlich, da müssen wir uns wohl um einen anderen Entsorger bemühen.«

»Ja, möglicherweise kann ihnen sein Partner dabei behilflich sein«, erwiderte Ron etwas sarkastisch.

Dr. Tampler begleitete ihn bis zur Tür, die Ron zuvor betrat und meinte: »Sie finden den Weg sicher alleine. Ich wünsche ihnen noch einen schönen Tag Sheriff.«

„Was ein Aal glatter Typ", dachte sich Ron und verlies unter den Blicken der Hausdame das Anwesen.

Eine weitere Woche verstrich, ohne dass etwas Nennenswertes in dem Entführungsfall geschah. Tom arbeitete an einem Anbau, der sehr zeitaufwendig war. Bei den hohen Temperaturen, die zurzeit herrschen, war es auch kein Vergnügen im freien zu arbeiten. Zu seinem Glück lag das

Haus an einem der vielen Seen, die sich hier befanden, so konnte er sich hin und wieder eine kleine Abkühlung verschaffen. Ebenso befand sich im Garten ein riesiger Orangenbaum mit den besten Orangen, die Tom je gegessen hatte. Was gab es Besseres als eine frisch gepflückte Orange, aufzuschneiden und aus der Schale zu essen. Wenn der süße, erfrischende Saft, durch seine Kehle rann, war es wie eine Explosion aus Geschmack und Gefühlen der Karibik.

Ja, so ließ es sich arbeiten. Der schwierigste Part von diesem Projekt war es, den Boden zu gießen. Säckeweise den Zement zu schleppen, gehörte nicht zu Toms Lieblingsbeschäftigung. Das Mischen, Gießen und Glätten dagegen war noch erträglich. Als der Boden druchgehärtet war, fing es an für Tom spaß zu machen.

Tom befestigte gerade die letzte Außenpaneele, als sein Handy laut nach ihm rief. Das Display verriet ihm, das Bill verlangen nach ihm hat.
»Hey Bill, was gibt's«, fragte Tom, nachdem er das Gespräch entgegen genommen hatte.
»Die Polizei hat den roten Dodge gefunden«, berichtete Bill und machte eine kleine Pause.
»Und weiter«, fragte Tom ganz aufgeregt.
»Er stand in einem Orangen Hain südöstlich von Ruskin.« Wieder eine Pause.
»Jetzt lass dir nicht alles aus der Nase ziehen Bill«, langsam war Tom genervt, da gab es bestimmt noch mehr, was

Bill wusste. Scheinbar machte es Bill spaß, ihn auf die Folter zu spannen.

»Nun, der Kumpane vom Nasenmann befand sich am Rande eines wilden Grundstück ganz in der Nähe, mit heruntergelassener Hose an einem Baum gebunden und mit Honig eingerieben. Dummerweise gab es dort viele Feuerameisen.«

Tom verzog sein Gesicht als würde er die Tortur am eigenen Leib spüren.

»Das war sicher nicht angenehm und vor allem ein langsamer Tod.«

»Bestimmt nicht, die Hitze und die Ameisen, haben nicht viel von ihm übrig gelassen. Es war Zufall, das ihn ein Farmarbeiter bei einem Kontrollgang gefunden hat.«

»Was sagt Ron dazu?«, fragte Tom.

»Ron ist alles andere als begeistert. Immerhin hat er wertvolle Informationen mit in sein Grab genommen. Wie soll er jetzt die Hintermänner finden. Er glaubt nicht, dass die Beiden alleine für die Entführungen und die Morde verantwortlich sind. Jetzt hofft er, wichtige Spuren aus dem Dodge zu erhalten.«

In den Abendnachrichten wurde von dem Fund berichtet, wieder ohne in das Detail zu gehen. Dringend suchten die Behörden nach sachlichen Hinweisen aus der Bevölkerung.

Ron stand mehr oder weniger vor dem Nichts. Eine Überprüfung aller Müllentsorgungsbetriebe in der Gegend ergab, dass weder Edson noch ein roter Dodge bekannt waren. Aber an die Aussagen von Dr. Tampler und Mrs. Mc Queen glaubte er von vornherein nicht. Auch die Durchsuchung der Appartments von ihm und seinem Kumpel ergaben keine weiteren Erkenntnisse über ihren Auftraggeber. Zwei verwahrloste Buden mit billigen Pornos und Gewaltspielen sowie leere Bierdosen und vollen Aschenbechern gab es nicht viel was auf ihre Taten schließen lies. Mit Sicherheit hatten sich die Kinder hier nicht aufgehalten. Ron setzte jetzt alles auf den Dodge, er hoffte inständig das die Spurensicherung dort Beweise und Hinweise finden würde.

Pam stand derweilen unter Druck. Das einseitige Absenken der Gartenhütte nach all den Jahren, nein, damit hatte sie nicht gerechnet. Dabei war sie sich sicher, dass dies niemals passieren würde. Schon erst recht nicht, solange sie noch am Leben ist. Hätte sie damals in Erwägung gezogen, dass dort die Erde absinkt, wäre die Bauweise der Gartenhütte mit Sicherheit leichter ausgefallen und das Fundament dicker. Sowie mit Moniereisen versehen, um es vor einem Riss zu schützen. Tom durfte sie auf keinen Fall den Auftrag erteilen. Pam war sich sicher, er würde zuerst versuchen die Ursache zu beseitigen und somit auf etwas stoßen, was schon lange Zeit in Vergessenheit geraten war.

Schon seit Tagen grübelte sie über eine Lösung ihres Problems. Am Abend vermied sie ihre Terrasse zu betreten, um den Blick auf die Gartenhütte zu vermeiden. Obwohl sie zu gerne in ihren Pool gesprungen wär, um sich von dem Stress des Tages zu erholen.

Am Morgen, wenn sie die Jalousien von ihrem Schlafzimmer beiseite zog, fiel unweigerlich ihr Blick auf die verfluchte Gartenhütte und ihr Problem begrüßte sie hämisch mit einem Morgengruß, der sie den Tag über begleitete.

Ausgerechnet jetzt musste auch noch ständig der Sheriff in ihren Läden herumschnüffeln, als ob sie nicht genügend andere Sorgen hätte, um die sie sich kümmern sollte. Nach und nach wurden ihre Angestellten von ihm vorgeladen, um nach diesem Idioten Edson und seinem Kumpel zu befragen. Wenn sie bloß wüsste, wer die Beiden erwischt hat und was er aus ihnen herausbekommen hat. Die Art und Weise, wie sie ums Leben gekommen sind, sprach sich in der Bevölkerung herum. Einen Zusammenhang mit den verschwundenen Kindern war nicht mehr auszuschließen. Auf keinen Fall wollte sie mit dieser Geschichte in Verbindung gebracht werden, alleine nur von der Tatsache, dass die Beiden für sie gearbeitet haben.

Immerhin stand hierbei ihr guter Ruf auf dem Spiel. All die Jahre hatte sie Ihren Catering Service und die Ladenkette aufgebaut. Viele Stunden harte Arbeit hatte sie investiert und lange genug bis spät in die Nacht gearbeitet oft sogar bis in die Morgenstunden. Auf was hatte sie alles Verzichten müssen, um ihr Ziel zu erreichen.

Das konnte und wollte sie sich auf keinen Fall zerstören lassen. Schon gar nicht von solchen Typen wie Edson und Co.

Am Abend trafen sich Tom und Mona mit Bill und Kate im Irish Pub auf ein paar Chicken Wings. Zum Kochen hatte keine der beiden Frauen lust und den Grill anwerfen wollte auch niemand. Bill wusste mittlerweile schon Genaueres über Stan Brower, wie der Kumpan vom Nasenmann sich nannte. Gespannt verfolgten sie seinem Bericht, was Bill von Ron zu hören bekam.

Edson und Brower waren weiß Gott keine unbescholtene Bürger dieses Landes. Ihr Strafregister füllte schon Seiten und würde bestimmt nicht enden, wenn nicht jemand ihren Lebenslauf abrupt abgeschlossen hätte. Straftaten wie Drogenhandel, Einbruch, Diebstahl und Betrug waren ebenso häufig vertreten, wie Verkehrsdelikte und Schlägereien. Mehrfach nahmen beide die Gastfreundschaft der Bezirksgefängnisse von Florida in Anspruch.

Allerdings waren Entführungen und Beseitigungen von Kindern den Behörden noch nicht bekannt. Die Spurensicherung konnte mit Sicherheit feststellen, dass der Dodge mit ihnen und den Kindern im Zusammenhang stand.

»Also traf es zumindest mal nicht die Falschen«, warf Mona ein und Kate stimmte ihr bei. Die Art ihres Ablebens war zwar etwas ungewöhnlich aber doch eben aus Sicht der Betroffenen mehr als gerecht.

»Das sagt allerdings nichts über die Hintermänner der Entführungen und die Morde aus«, erwähnte Tom. »Weder in ihren Wohnungen noch im Van konnten Spuren festgestellt werden, dass es ausschließlich die Beiden waren, die die Kinder entführt, misshandelt und getötet haben. Da steckt auf jeden Fall noch ein Auftraggeber dahinter.«

Tom überlegte, inwieweit sein Kunde in Apollo Beach mit der Sache involviert war. Immerhin konnte er mit eigenen Augen beobachten, dass der Dodge hinter dem Gate verschwand. Das ihr Ziel das Anwesen von Dr. Tampler war wussten sie mittlerweile von Ron und das die Beiden keine Müllentsorger waren stand auch fest. Also was hatten sie dort zu tun.

Als Tom seine Überlegung beendet hatte, starrten ihn drei Augenpaare an, ohne ein Wort zu sagen.

»Was?«, fragte Tom in die Runde.

Mona brach als Erste das Schweigen. »Nun überlege mal, wer von uns ist in der Lage an einen Ort in der Vergangenheit zu gelangen, ohne gesehen oder gar bemerkt zu werden?«

»Verdammt, an die Cin-Box habe ich noch gar nicht gedacht.« Tom tippte sich mit den Fingen an die Stirn.

»Na dann ist es an der Zeit, dem feinen Herrn einen Besuch zu machen. Möglicherweise bringt uns das neue Erkenntnisse, mit denen niemand gerechnet hat.«

Bill winkte der Servierin zu und verlangte nach der Rechnung.

Auf dem Heimweg spürte Tom ein flaues Gefühl in der Magengegend. »Irgendwie habe ich vor dem Besuch Bammel, ich weiß nicht, ob ich das sehen möchte, was durch meinen Kopf geht«, meinte er zu Mona.

»Ja, das verstehe ich, aber nur so bekommst du heraus, was dort vor sich geht. Mit etwas Glück kannst du auch eventuell das Leben von den Kindern retten, die noch vermisst werden. Ebenso könntest du ihnen die Torturen ersparen, die sie bis zum Eintreten ihres Todes erleiden müssen. Und wenn sich das Ganze nur als Spinnerei von uns aufklärt, haben wir wenigstens die Gewissheit, das Richtige getan zu haben.«

»Das stimmt schon, wenn es nicht ausgerechnet der Typ mit den Spezialmöbel wäre, um den es sich hier dreht.« Tom erreichte sein Haus und fuhr in die Garage. Gleich hinter ihm hielt Bill und Kate in der Einfahrt. Mona sah Tom immer noch sprachlos an. Gerade als Tom aussteigen wollte, griff Mona nach seinem Arm und hielt ihn zurück.

»Das ist nicht dein Ernst Tom, wissen das auch Bill und Kate?«

»Nein, mit so etwas gehe ich nicht hausieren. Es ist wohl besser, ich weihe sie vorher ein oder wie denkst du darüber.«

»Ja, ich denke das wird besser sein Tom, jetzt ist mir schlecht. Ich bin froh, dass dir dabei wenigstens nichts passieren kann.«

Mona drückte sich fest an Toms Schulter und gab ihm einen langen Kuss. Bill und Kate standen hinter dem Auto und beobachteten die Scene der Beiden.

»Wenn ihr mehr Zweisamkeit braucht, dann fahren wir lieber nach Hause«, meinte Bill grinsend, als Tom und Mona den Wagen verlassen hatten.

»Kommt ins Wohnzimmer ihr verrückten«, meinte Mona lachend. »Tom hat euch noch etwas zu erzählen, bevor es losgeht.«

Bill und Kate staunten nicht schlecht, nachdem sie die gesamte Story von Tom hörten.

»Sollte sich heute dabei ein Zusammenhang ergeben und sich unsere Vermutungen bestätigen, werde ich Ron auf jeden Fall aus dem Bett klingeln«, beschwor Bill mit todernster Miene.

Gegen 22 Uhr war die kleine Gruppe endlich bereit, Tom auf seine Zeitreise zu schicken. Nach einer kurzen Meditation, die jetzt jeder nötig hatte, um wieder in einen ruhigen Zustand zu kommen, überreichte Mona Tom die Cin-Box. Im Wohnzimmer herrsche absolute ruhe. Tom saß in seinem Sessel und schloss die Augen. In seinen Gedanken schloss er alles um ihn herum aus und konzentrierte sich auf den Tag, die Zeit und das Anwesen von Dr. Tampler, als der Dodge hinter dem Gate verschwand.

Mittlerweile hatte Tom schon ausreichend Erfahrung mit dem Umgang der Cin-Box, das Merkwürdige kribbeln in den Händen, dass sich in seinem Körper zu einem Kreis schloss, beunruhigte ihn nicht mehr. Ebenso wenig registrierte er wie seine Finge automatisch die einzelnen Riegel der Box verschoben. Alles lief im Unterbewusstsein seines

Körpers ab. Toms Sinne verschwommen in einem Wirbel der Gedanken. Kurz nach dem sich sein Sinn wieder schärfte, befand sich Tom vor der Einfahrt zur Garage, wo Tom einst seine Sondermöbel angeliefert hat. Die komplette Siedlung, auf der sich das Anwesen von Dr. Tampler befand, war ein hügeliges Gelände, das auf der Straßenseite gut 10 Meter über dem Meeresspiegel lag. Um in die Garage zu gelangen, die sich unterhalb der Hauses befand, führte eine Einfahrt seitlich der Villa. Hier hatten spielend 8 Autos eine Parkmöglichkeit. Auf der Seite, die zum Meer ausgerichtet war, befanden sich weitere Wohnräume, und in der Mitte befand sich ein gläserner Aufzug, der in die oberen Stockwerke führte.

Lange musste Tom nicht auf den Dodge warten, er rollte langsam die Einfahrt herab und das Rolltor öffnete sich ihm automatisch. Tom erkannte sofort die Beiden, als sie an ihm vorbei fuhren und in der Garage verschwanden. Tom folgte ihnen, als sich auch schon wieder das Rolltor schloss. Donald und Stan verließen den Dodge, während Stan die seitliche Schiebetür des Dodge öffnete, lehnte Donald an der Beifahrertür und steckte sich eine Zigarette in den Mund. Gerade als er sein Feuerzeug aus seiner Jeans holte, öffnete sich eine Tür von den unteren Wohnräumen und ein Mann betrat die Garage.

»Hey du Punk, hier wird nicht geraucht, wie oft soll ich dir das noch sagen«, schrie er ihn an. Der Typ war fast einen Kopf größer und knapp doppelt so breit wie der Nasenmann. Tom erkannte in ihm den, der ihm damals bei den Möbeln geholfen hatte.

»Ist ja gut«, brubbelte Donald und steckte seine Kippe hinters Ohr und das Feuerzeug zurück in seine Jeans. Sein Respekt ihm gegenüber entsprach nicht seinem sonstigen Wesen und Tom musste schmunzeln.

Einen Augenblick später betraten zwei Dienstmädchen die Garage mit je einem Kind, das sie vor sich herschoben. Tom erkannte zwei Mädchen, die an den Händen gefesselt waren und einen sehr apathischen Blick hatten. Ihm stockte der Atem. Auch ihre Art zu laufen, ließ Tom vermuten, dass sie unter Drogen standen. Ihre Kleidung war knapp und keinesfalls ihrem Alter entsprechend. Die Dienstmädchen führten sie zum Van, setzten sie auf die Rückbank und schnallten sie fest. Ohne ein Wort zu sagen, schloss Stan die Seitentür aber sein Blick verriet, dass sich widerliche Gedanken in seinem Kopf abspielten. Der Zwei-Metermann reichte Donald einen Zettel und hob drohend seinen Finger vor ihm.

»Du bringst die Ware unversehrt zu dieser Adresse, holst sie morgen Nachmittag wieder ab und lieferst sie hier wieder an. Sollte einer von euch die Finger nicht bei sich lassen, gnade ihm Gott. Hast du mich verstanden?«, brüllte er Donald an.

»Ja, du bist ja laut genug«, erwiderte Donald und wich seinem drohenden Finger aus, der sich kurz vor seiner Nase befand. Rasch ging er um das Auto, stieg ein und der

Dodge verließ die Garage, deren Rolltor sich eben geöffnet hat.

Am liebsten hätte Tom eingegriffen. Aber wie schon, erstens hatte er eh keine Chance gegen sie gehabt und zweitens befand sich hier lediglich seine geistige Gestallt, die in der Vergangenheit lag. Auf jeden Fall wusste Tom nun bescheid, welches Spiel hier betrieben wurde. Angewidert wand er sich von der Scene ab und kam einen Augenblick später in seinem Wohnzimmer zu sich.

Erwartungsvoll saßen hier drei Personen, die mit großen Augen und voller Neugier auf seinen Bericht warteten.

»Wie lange war ich weg«, fragte Tom, nachdem er die Cin-Box auf den Wohnzimmertisch abgelegt hatte.

Bill sah auf seine Uhr. »Eine halbe Stunde, nun erzähl schon. Deiner Mimik zu entnehmen war es kein schönes Erlebnis.«

Tom schüttelte entsetz den Kopf:

»Nein, beim besten Willen nicht. Ich werde nie im Leben verstehen, wie solche Menschen ticken. Das Schlimmste ist, du stehst dort und siehst was passiert aber du kannst nicht helfen. Du bist einfach machtlos.«

Tom gab sich Mühe, das wiederzugeben, was sich abgespielt hat. Mona und Kate waren außer sich vor Wut, nachdem Tom fertig war. Beide waren froh, dass die zwei Ganoven nicht den Behörden in die Finger gefallen sind. Ihre Strafe konnte keinesfalls treffender ausfallen, wie es kam. Aber wie konnte man den Hauptschuldigen ihrer gerechten Strafe zuführen.

Bill überlegte noch laut: »Für eine Hausdurchsuchung reichen die Beweise nicht. Dr. Tampler verfügt sicherlich über gute Kontakte in die oberen Kreise. Da wird Ron mit seinem Trupp nicht so einfach rein marschieren können. Einen Tipp werde ich ihm trotz allem geben. Somit kann er wenigstens ein Auge auf ihn werfen, und wenn er einen Fehler begeht, kann er die Falle zuschnappen lassen.«

Frustriert wegen der Machtlosigkeit, in der sie sich befanden, lösten sie ihre Runde auf. Bill und Kate verabschiedeten sich und fuhren nach Hause. Die Zeiger der Uhr standen schon auf 0 Uhr 10. Tom musste am Nächsten morgen zu seinem Kunden, und wenn er einiger Massen fit sein wollte, sollte er auch sein Bett aufsuchen.

Im Traum verfolgten Tom die Bilder der Kinder und vermischten sich mit der Fantasie seiner Gedanken. Erst sein Radiowecker erlöste ihn am Morgen von dem grausamen Alptraum. Tom verließ schlecht gelaunt das Bett und versuchte unter der Dusche das nächtliche Erlebnis von sich zu spülen. Erst beim Frühstück mit Mona wurde Tom etwas lockerer. Sich seine Gedanken von der Seele zu reden, ist und bleibt nun mal die beste Therapie.

Der Wetterbericht im Morgen TV versprach wiedermal einen sonnigen heißen Tag mit Temperaturen um die 35°C. Zeit, um zu seinen Kunden zu fahren, damit die meiste Arbeit vollbracht ist, bevor es richtig heiß wird. Der Tag verlief soweit reibungslos, doch am Nachmittag waren die

35°C im Schatten erreicht und die Sonne brannte erbarmungslos hernieder und trieb die Anwohner in ihre klimatisierten Häuser. Tom hatte eben den Anbau vollendet und wollte sich eine schnelle Abkühlung im See verschaffen. Gerade tauchte er aus dem Wasser auf, als er den Nachbarn erblickte, der am Ufer stand.

»Tom, ich würde dir empfehlen deine Abkühlung zu unterbrechen und geschwind aus dem Wasser zu kommen.«

Tom schaute in das ernste Gesicht des Mannes, blickte sich rasch um und verließ das kühle Wasser. Eine solche Warnung verhieß selten etwas Gutes.

»Oops«, meinte Tom. »Das wär ein schlechter Tagesabschluss geworden, danke für die Warnung.«

»Keine Ursache.«

Jesse zeigte noch immer auf den Alligator, der sich im Wasser auf sie zu bewegte.

»Der Kerl ist gut 2 Meter lang und lag schon eine Weile bei mir am Ufer. Ich beobachte ihn seit gut einer Stunde. Als er ins Wasser ging, wollte ich nachsehen, wer wohl sein Opfer ist und als ich dich erblickte, wie du in den See bist, dachte ich mir das es an der Zeit ist dich zu warnen.«

Wenige Meter vor dem Ufer verharrte der Alligator im Wasser in Lauerstellung, wahrscheinlich mit der Hoffnung, dass einer der beiden sich gefährlich nahe an das Ufer wagt oder noch besser zurück in den See geht. Erst bei der weiteren Unterhaltung bemerkte Tom die 45er Smith & Wessen, die Jesse in der anderen Hand hielt.

»Wie ich sehe, bist du ja auf Nummer sicher gegangen«, meinte Tom mit einem lächeln auf den Lippen.

Jesse blickte auf seine Pistole, »Normalerweise bin ich friedliebend und akzeptiere die Natur, wie sie ist, aber in dem Fall hätte ich mal eine Ausnahme gemacht.«

Dabei klopfte er Tom freundschaftlich auf die Schulter. »Wir sollten den Uferbereich verlassen, damit der Kerl auf andere Gedanken kommt. Möchtest du ein Bier?«, fragte Jesse. Gemeinsam gingen sie auf die Terrasse. Jesse holte zwei Bier und zusammen beobachteten sie den Alligator, der nach einer Weile untertauchte und davon schwamm.

Was ein Tag dachte sich Tom, als er sich auf dem Heimweg befand. In seinem Kopf spielte sich wieder die letzte Nacht ab mit diesem furchtbaren Traum. Kurz entschlossen lenkte er seien Van in Sun City zu den Indianerladen.

»Achak mein Bruder«, begrüßte ihn Cody herzlich:
»Es ist schön, dich zu sehen.«

Cody hob die rechte Hand. Im Anschluss verhackten sich ihre Daumen, umgriffen die Handflächen des Anderen und führten die Unterarme zusammen. Eine übliche Geste der Indianer unter Brüdern.

Tom war an solche Handlungen nicht gewöhnt aber er verstand die Verbundenheit, die er seit kurzen mit seinen indianischen Brüdern hatte.

Zwei Kundinnen, die sich gerade im Laden umsahen, beobachteten Cody und Tom mit erstaunten Gesichtern. Während man Cody seine Indianischen Abstammung ansah, erkannte man in Tom nur einen gewöhnlichen Weißen. Weshalb nannte er ihn dann Bruder und Achak?

»Tom, was bedrückt dich? Ich spüre eine Last, die auf deinen Schultern liegt.«

»Lange Geschichte«, antwortete Tom kurz.

»Ich brauche einen Dreamcatcher, ich denke mal du hast da was für mich.«

Die beiden Ladys standen an der Kasse und waren bereit ihr Fundstück zu bezahlen. Cody kassierte sie ab und sie verließen kichernd den Laden.

Jetzt war Zeit für eine Unterhaltung. Cody verschloss die Ladentür und drehte sein Türschild von „Offen" auf „Geschlossen."

»Du brauchst doch den Laden nicht zu schließen«, meinte Tom.

»Das geht schon in Ordnung«, antwortete Cody.

»Ich merke, wenn etwas nicht stimmt, also raus mit der Sprache mein Freund.«

Tom fing an die Geschichte in groben Zügen zu schildern, während Cody geduldig seine Worten aufnahm, ohne Tom dabei zu unterbrechen. Nach rund einer Stunde war alles gesagt, was relevant war. Cody war sehr erstaunt über die präzise Wirksamkeit der Cin-Box.

»Tom ich bin sehr stolz dich zu kennen, nicht viele meiner Brüder hatten die Ehre einen Gosheven in ihrem Leben zu treffen. Jetzt macht auch deine Rückführung in New

Hempshire einen Sinn, wovon mir White Deer berichtet hatte. Er riet mir gut auf dich zu achten, du hast einen steinigen Weg vor dir.«

»Ja, mittlerweile sehe ich das auch so. Aber was hat das alles mit mir zu tun. Ich bin Europäer und nur Gast in eurem Land.«

»Achat, dein Geist ist lediglich nach Europa geflohen aber deine Seele und deine Bestimmung liegt hier in dem Land deiner Ahnen. Akzeptiere es und stelle dich deiner Aufgabe.«

»Und was ist meine Aufgabe?«

Tom zweifelte an sich selbst, eigentlich wollte er nicht hören, was auf ihn zukam.

»Denk an das Schicksal deiner Schwester und den vielen anderen Mädchen auf dem Trail of Tears für die du mit deinem Leben bezahlt hast. Es ist deine Geschichte und es ist deine Aufgabe für Gerechtigkeit zu sorgen. Du kannst dich deiner Bestimmung nicht entziehen. Entweder du tust es in diesem Leben oder in deinem Nächsten. Sei dir gewiss, unsere Brüder und ich werden dir jederzeit beiseite stehen.«

Tom nahm sich Codys Worte zu Herzen und wollte nun endlich nach Hause gehen. Das war ein langer Tag und sicher erwartete ihn schon Mona voller Ungeduld. Merkwürdig, dass sie ihn noch nicht angerufen hatte, sinnierte er.

Tom bog in die Sackgasse, an deren Ende sein Haus stand. Nach wenigen Metern erkannte er das sich in seiner

Auffahrt zwei Polizeifahrzeuge befanden. Ein kalter Schauer lief ihm den Rücken herab und Panik machte sich breit. Tom näherte sich dem Haus und hörte das die Alarmanlage ausgelöst wurde. Schnell eilte er zu dem Officer, der an der Eingangstür stand, und gab sich als Eigentümer zu erkennen. Im gleichen Augenblick ertönte aus dem Funkgerät die Stimme seines Partners, der ihm meldete, dass die Terrassentür aufgebrochen wurde.

»Sir, bitte warten sie hier bis wir sichergestellt haben das sich kein Eindringling im Haus befindet. Darf ich um ihren Schlüssel bitten, die vordere Tür ist unbeschädigt und verschlossen.«

Tom übergab ihm seinen Schlüssel und erwähnte voller Panik das sich eigentlich seine Frau im Haus aufhalten müsste.

Der Officer gab die Information an seinen Kollegen weiter und entschied in das Haus zu gehen. Mit gezogener Waffe betrat er von vorne und sein Kollege von hinten das Gebäude. Tom hielt es kaum aus, was war mit Mona und wo steckt sie.

Mittlerweile sammelten sich die Nachbarn, die von der Alarmanlage informiert wurden, dass hier etwas nicht stimmte. Zumal auch noch die Polizei mit heulenden Sirenen in die Straße fuhr.

»Tom, was ist los«, wurde er sogleich gefragt.

»Ich habe keinen blassen Schimmer, als ich eintraf, war schon die Polizei hier und man sagte mir, dass die Terrassentür aufgebrochen wurde.«

Kurz darauf erschien der Officer in der Tür und bat Tom ins Haus zu kommen.

»Sir, wir haben keine Person im Haus angetroffen. Sie können erstmal die Alarmanlage abstellen.« Tom öffnete den Zugang zur Klimaanlage und gab den Code an der Alarmanlage ein, worauf der Alarm umgehend verstummte. Der Officer staunte.

»An der Stelle habe ich auch noch nie die Alarmstation gesehen, möglicherweise hat das die Einbrecher zurückgeschreckt, da sie den Alarm nicht abstellen konnten. Nur im Schlafzimmer und im Büro sind einige Schränke durchwühlt. Viel Zeit hatten sie nicht. Wissen sie, wo sich ihre Frau aufhalten könnte?«

»Nein Officer, ich habe sie im Haus vermutet.«

Toms Satz wurde von Monas Stimme unterbrochen.

»Tom, mein Gott was ist denn hier passiert?«, klang es von der Eingangstür zu ihnen herüber.

»Mona, Schatz wo warst du? Ich hab mir solche Sorgen um dich gemacht.« Tom eilte zu ihr und schloss sie in seine Arme.

»Ich war Shoppen mit Kate, das hab ich dir doch per SMS geschrieben. Ich konnte dich nicht anrufen, dein Handy war aus. Deshalb musst du doch nicht gleich die Polizei rufen.«

Perplex holte Tom sein Handy aus der Tasche und stellte fest, dass seine Batterie leer war. »Sch…«, erwähnte er nur kurz, sprach aber das Wort nicht aus.

»Nein, die Polizei ist hier, weil jemand eingebrochen ist. Gott was bin ich froh das du Shoppen warst.«

Die beiden Officer schmunzelten.

»Sir könnten sie bitte kontrollieren, ob etwas entwendet wurde, auf den ersten Blick sieht es so aus, als ob der Einbrecher etwas Bestimmtes gesucht hat. Für gewöhnlich werden sonst Fernseher und Computer entwendet, abgesehen von Schmuck und Geld.«

Mona war erschüttert, als sie hörte, was geschehen war. Erst jetzt bemerkte Tom, Kate, die entsetzt im Eingang stand und das Gespräch verfolgte.

»Hey Kate«, begrüßte er sie geschwind. »Noch nie war ich glücklicher darüber als heute, dass ihr Shoppen gegangen seid.«

»Ja… äh… schaut ihr Mal schnell ob etwas fehlt ich rufe Bill an und anschließend können wir reden«, erwiderte sie nur kurz.

Tom und Mona überflogen geschwind die Zimmer.

»Nein Officer, wir können nichts feststellen. Alles, was Wert hat, ist noch vorhanden.«

»Gut, dann beenden wir mal den Einsatz, sollte ihnen noch etwas auffallen, melden sie sich bitte umgehend bei uns.«

Tom bedankte sich und begleitete die Herren vor die Tür. Die Nachbarn hatten sich in der Zwischenzeit in ihre Häuser zurückgezogen und Bill traf ein, bevor Tom zurück ins Haus ging.

»Tom, was geht denn hier ab Kate hat mich angerufen«

»Hey Bill, komm erstmal rein. Den heutigen Tag würde ich am liebsten aus meinem Leben streichen.«

Mona und Kate waren im Schlafzimmer und kontrollierten die begehbaren Schränke. So wie es aussah, fehlte wirklich nichts. Lediglich die große Unordnung, die der Einbrecher hinterließ, zeugte von seinem Eindringen. Das gleiche Bild ergab sich im Büro, nichts fehlte.

»Weshalb bricht jemand in ein Haus ein, wenn er nichts Wertvolles entwendet? Das macht doch keinen Sinn«, stellte Kate fest.

»Es sei denn, er sucht etwas ganz bestimmtes«, meinte Bill und blickte in die Runde.

»Was gibt es denn bei uns so Besonderes, möglicherweise hat er sich im Haus geirrt und wollte nicht zu uns«, kam von Mona.

»Oh doch«, fiel Tom ihr ins Wort. »Denkt doch mal an New Hempshire, der hat die Cin-Box gesucht!«

»Genau die meinte ich«, bestätigte Bill.

»Tom lachte laut auf, da kann er lange suchen. Meinen Safe findet er nicht an den üblichen Stellen im Haus.«

Alle stimmten ihm zu, wer außer Tom kommt schon auf die Idee, einen Safe im offenen Kamin einzubauen.

Part 11

Ron Myers nahm die Information von Bill sehr ernst, obwohl er zu gerne die Quelle seines Wissens erfahren hätte. Für Ron war es schon klar, das der saubere Dr. Tampler einiges zu verbergen hat. Nur brauchte er Beweise, um ihm dies auch nachweisen zu können. So ohne Grund konnte er nicht einfach seine Festung stürmen und eine Dauer Observation konnte er ohne nachweislichen Grund bei der Staatsanwaltschaft nicht durchsetzen. Ron blieb nichts Weiteres übrig als die Polizeifahrzeuge die unterwegs waren, anzuweisen ein Auge auf ihn zu halten.

Tom unterdessen hatte kaum noch Kontakt zu Pam. Für gewöhnlich hatte sie sich noch nie mit einem Auftrag solange Zeit gelassen wie mit der Gartenhütte. Lediglich als in Lindas Laden ein Bräter ausfiel, wurde Tom gerufen.

»Hey Peggy meine Hübsche, hast du wider einmal den Bräter gefetzt?«, fragte Tom lächelnd, als er an den Tresen trat.

»Witzbold, das alte Ding gehört langsam auf den Schrottplatz. Wie oft hast du jetzt schon daran rumgeschraubt. Am Wochenende muss Pam ein Bankett ausstatten, da steht noch viel Arbeit aus.«

»Gut, dann mach ich mich mal an die Arbeit. Was gibt es Neues bei euch?« Tom spitzte seine Ohren. Seit den letzten Vorfällen hatte das Wort Bankett einen bitteren Nachgeschmack.

»Eigentlich nichts, seit dem Trubel um Donalds und Stans Tod ist Pam komisch geworden, weißt du ...«
Peggy unterbrach einen Augenblick ihren Satz: »...der lockere Umgang ist weg. Es ist nicht mehr so wie früher.« Wieder eine kleine Pause.
»Pam ist immer so gereizt und nervös.«
»Was ist mit Linda?«, fragte Tom.
»Ach Linda ist wie immer, nur wenn Pam hier aufkreuzt, ist sie ruhig und hält sich zurück.«
»Wo findet denn euer Bankett statt?«, hakte Tom nach.
»In Apollo Beach, der Doc gibt wider einmal eine Party. Gut das Pam die alleine macht. Wenn hier schon sein Bluthund Don auftaucht, wird es ein paar Grad kälter.«
Tom zuckte bei ihren Worten zusammen und stieß sich prompt den Kopf unter dem Bräter, wo er den neuen Heizstab einbaute.
»Hey, mach nicht noch mehr kaputt«, rief Peggy zu ihm nach unten und lachte laut.
»Nichts passiert, ich bin auch schon fertig«, rief Tom von unten zurück.
»Ist Linda heute nicht im Restaurant?«, fragte Tom, als er sein Werkzeug zusammenräumte.

»Nein, sie kommt erst am Nachmittag. Sie wollte in den Großmarkt einkaufen. Ich soll dir dein Geld geben und die Rechnung auf ihren Schreibtisch legen. Möchtest du etwas, essen, Tom?«
»Nein danke Peggy, ich muss weiter. Sorry.«

Zurück im Auto, informierte Tom sofort Bill um ihn über die Party bei Tampler zu unterrichten. Im Anschluss rief Tom Cody an, um auch seinen Rat einzuholen. Immerhin wäre das eine Möglichkeit Dr. Tampler und seinen Gästen etwas nachweisen zu können.

Wie schon vermutet waren auch dieses Mal Sheriff Rons Hände gebunden. Ohne triftigen Grund und Beweisen durfte er nicht eingreifen. Jedoch war er voll entschlossen, am Ball zu bleiben und seine Augen offen zu halten. In gebührendem Abstand zu den betroffenen Personen war es ihm möglich, seine Ermittlungen durchzuführen. Sein besonderes Interesse betraf die Gäste von Dr. Tampler. Sollte wirklich ein Verbrechen vorliegen, so konnte er ihnen wenigstens eine Mitschuld beweisen.

Tom, Bill und Cody berieten sich, wie sie in der Sache vorgehen wollten. Cody entschied sich, mit seinen Brüdern die Wasserfront zu übernehmen. Getarnt als Angler in ihren Booten, wird wohl niemand Verdacht schöpfen. Auf diese Weise konnten sie festhalten, wer mit einem Boot das Anwesen betrat oder verließ und hatten gleichzeitig das Haus im Blick.

Tom plante mithilfe der Cin-Box, dem Geschehen nahe zu sein. Obwohl es ihm keinesfalls behagte, dass er etwas sehen könnte, was er zu tiefst verabscheute. Er wäre noch nicht mal in der Lage, in das Geschehen einzugreifen oder das Ganze zu verhindern.

Bill nahm sich vor, das Gate im Auge zu behalten um die Fahrzeuge zu Registrieren die an diesem Abend dort rein und rausfahren. Sicher würden viele der Autos den Anwohnern gehören aber die könnte der Sheriff später aus der Liste streichen. Sofern eine Straftat vorlag.

Sheriff Myers plante unterdessen das gleiche wie Bill, ohne das er von den Plänen der Drei Kenntnis hatte. Am Samstagmorgen erhielt Ron einen Anruf von Richter Lippman. Ihm waren die Aktivitäten von Ron gegen Dr. Tampler zu Ohren gekommen. Auf Anweisung des Richters untersagte er Ron jegliches Eingreifen in die Privatsphäre von Dr. Tampler und seinen Gästen. Es wäre völlig absurd Dr. Tampler mit Unregelmäßigkeiten der Gesetze in Verbindung zu bringen. Im Fall eines Verstoßes gegen die Anweisung müsste Ron mit einer Suspendierung rechnen.

Mit dieser Aktion hatte Ron nicht gerechnet. Tamplers Kontakte noch oben waren wohl besser als vermutet. Was allerdings Ron nicht verstand, war die Tatsache, woher Richter Lippmann von seinem Vorhaben wusste.

Tom, Mona und Kate saßen im Wohnzimmer und bereiteten sich auf Toms Reise mit der Cin-Box vor. Alle waren nervös und aufgeregt. Wie lange konnte Tom wohl die Verbindung aufrechterhalten, immerhin beschränkten sich die vergangenen Reisen jewuils auf rund eine halbe Stunde und so viele waren es nun auch nicht, das Tom von großer Erfahrung sprechen konnte. Wann war wohl der beste

Zeitpunkt. Tom wollte weder zu früh noch zu spät am Ort des Geschehens auftauchen.

Bill meldete sich am Telefon und berichtete, dass kurz nach 20 Uhr zwei schwarze Limousinen das Gate passierten. Ebenso meldete Cody, das Tamplers Boot um 19 Uhr die Anlegestelle verlies und um 20 Uhr 15 mit 4 Gästen an Bord zurück war. Nun war es kurz vor 21 Uhr, Tom atmete noch mal tief durch nahm seine Cin-Box und konzentrierte sich auf das Haus von Tampler.

Nichts, rein gar nichts. So sehr sich Tom auch konzentrierte, es passierte nichts. Tom versuchte es nochmals mit einer Meditation um sich zu entspannen, wären dessen die Zeit verrann. Mona und Kate verzweifelten fast vor Nervosität. Was war wohl los, warum wollte es heute nicht klappen. Ausgerechnet heute, wo es doch um soviel ging.

Um 2 Uhr morgens brach Bill seine Observation ab, ohne dass eine der Limousinen die Siedlung verlassen hatte. Cody meldete das gleiche von der Wasserseite. Im Haus waren soweit die Lichter erloschen, aber von der Party war, ohne hin nichts zu sehen. Allerdings wollte er mit seinen Brüdern die Stellung halten, um den Anlegesteg weiter zu beobachten. Sie hatten lediglich mehrmals die Position gewechselt, um nicht aufzufallen. Cody konnte beobachten, dass sich noch weitere Boote in der Nähe befanden, mit dem Anschein zu angeln. Er war sich allerdings nicht sicher, ob sie eventuell zum Sheriff gehörten, der die gleiche Absicht erwog wie er auch.

Sonntagmorgen um 10 Uhr trafen sich Bill und Kate wieder bei Tom und Mona, um den Reinfall von gestern zu besprechen. Sie saßen am Esstisch und frühstückten gemeinsam.

»Was war los«, wollte Bill wissen. »Es ging doch sonst immer so reibungslos.«

»Keine Ahnung Bill, ich habe wirklich alles versucht, um an diesen Ort zu gelangen. Das Timing war perfekt aber die Zeit war einfach gegen mich.«

»Die Zeit«, rief Mona und sprang fast von ihrem Stuhl am Esstisch auf.

»Die Zeit Tom, es war die Zeit. Erinnere dich, was Pohawe dir über die Cin-Box gesagt hat. Du kannst weder in die Zukunft noch in der Gegenwart reisen. Es lag einfach nur an der verdammten Zeit.«

Tom sah Mona schweigend an, förmlich konnte man sehen, wie es in seinem Kopf arbeitete. Bill und Kate waren ebenso perplex, bis Mona das Schweigen am Tisch brach. Tom, du kannst nur sehen, was sich in der Vergangenheit abgespielt hat. Versuche es heute und du wirst sehen, was gestern dort geschehen ist.

»Lass es uns versuchen«, fiel Kate sofort in Monas Dialog ein. »Mona hat recht. Ich kann mich jetzt auch wieder daran erinnern, was Pohawe zu dir gesagt hat.«

»Ein Versuch ist es wert«, meinte Bill und zuckte mit den Schultern.

»So wissen wir wenigstens, ob wir richtig liegen oder uns nur verrückt machen.«

»Nein Bill, da ist schon was Faul an der Sache. Ich glaube nicht, dass die zwei Mädchen das letzte Mal zu einem Kindergeburtstag gebracht wurden.«

Tom, Bill und die beiden Frauen bereiteten im Wohnzimmer alles für Toms Reise vor. Jeder war angespannt, ob die Reise dieses Mal den erwarteten Erfolg bringen wird. Ein lauter Aufschrei, gefolgt von einem Schuss, riss die Vier aus ihrem Vorhaben. Zu Tode erschrocken schrien Mona und Kate auf und sahen ängstlich um sich.

»Das kam aus dem Garten«, rief Bill und eilte zur Terrassentür, blieb dabei aber im Schutz der Wand in Deckung. Tom legte die Cin-Box in den offenen Safe und entnahm stattdessen seine Pistole. Mona und Kate eilten derweil ins Schlafzimmer um sich in dem Umkleide Zimmer in Deckung zu bringen.

»Da ist Cody«, rief Bill aufgeregt. Tom erreichte in der Zwischenzeit die Seitentür, um Cody ins Haus zu lassen. Gemächlich näherte sich Cody dem Haus, obwohl er sichtlich außer Atem war.

»Was war das denn eben«, rief Tom Cody entgegen. Als Cody das Haus betrat, schüttelte er nur mit dem Kopf.

»Dieser Bastard ist mit meinem Messer abgehauen. Ehe ich bei ihm war, ist er schon hinten über die Mauer und mit einem blauen Mustang auf und davon. Sein Gewehr hat er mir allerdings im Garten gelassen«, grinste er.

»Ich verstehe nur Bahnhof«, Bill sah Cody nur ratlos an.

»Mona, Kate, alles ok ihr könnt wieder herkommen«, rief Tom laut in Richtung Schlafzimmer.

Als alle wieder beisammensaßen, fing Cody an zu berichten.

»Eigentlich wollte ich nur schnell bescheid geben, was in der Nacht noch lief. Als ich in die Straße einbog, war mir so als sehe ich jemanden über die Hintermauer klettern und in deinem Garten verschwinden. Darauf hin wollte ich doch mal sehen wer dich überraschen will. Beim Heranschleichen entdeckte ich den Übeltäter zwischen den Palmen, wie er gerade sein Gewehr in Anschlag brachte. Blitzschnell zog ich mein Messer, um ihn vor einer Dummheit zu bewahren. Als es in seinen Oberschenkel eindrang, verzog er sein Gewehr und gab noch einen Schuss ab. Er lies sein Gewehr fallen und flüchtete über die Mauer. Ich wollte ihm noch hinterher, doch als ich auf der Mauer war, sah ich nur noch wie er zu jemanden in einen Mustang humpelte und davonraste.«

»Hört das den nie auf«, entfuhr es Tom. »Wenn sie hinter der Cin-Box her sind, bringt ihnen das doch nichts. Damit kann doch außer mir niemand etwas anfangen.«

»Da bin ich mir nicht so sicher«, meinte Cody. »Wie mir gestern zu Ohren kam, gibt es da einen alter Medizinmann in Wisconsin, der seit Jahren nach dieser Cin-Box sucht. Er folgte einige Zeit einem Zirkus, fand aber niemals den Besitzer der Box.«

»Und du meinst er könnte etwas damit anfangen?«, fragte Tom überrascht.

»Nun, da bin ich mir nicht sicher, welchen Grund hätte er wohl, mit solch einer Intensität über Jahre, danach zu suchen. Wie du selbst siehst, versucht er sogar sein Ziel mit Gewalt zu erreichen.«

»Mein Gott Tom, wo soll das nur hinführen«, platzte es aus Mona.

»Muss erst jemand von uns sterben, bevor er Ruhe gibt?«

»Nein, das ist es nicht wert«, gab Tom zurück und wand sich wieder an Cody:

»Von wem hast du die Information?«

»Ich sprach gestern mit unserem Bruder Chochuschuvio.«

»Wer ist das denn?«, fragte jetzt Bill. Cody musste schmunzeln. »Ich denk mal er ist euch besser unter dem Namen White Deer bekannt.« »Oh ja«, lachte Bill. »Damit kann ich etwas anfangen.«

»Cody, wäre es nicht klüger, wenn ich mit dem Medizinmann ein Treffen vereinbaren würde, und das Gespräch suche?

Ich habe da eine Idee, bevor noch jemand zu Schaden kommt und ich gewinne etwas Zeit, um die Sache mit Tampler zu erledigen.«

Alle sahen Tom mit erwartungsvollen Augen an.

»Lasst uns erstmal das Eine erledigen. Ich denke das White Deer und seine Brüder den Medizinmann damit besänftigen können, dass er uns erstmal in Ruhe lässt.«

»Das lässt sich sicher machen«, bestätigte Cody.

»Was hast du jetzt vor Tom?«

»Ich möchte endlich wissen, was gestern auf der Party bei dem Tampler abging.«

»Ok, ich setze mich derweil mit Chochuschuvio in Verbindung. Du kannst mir später berichten, was dort vorgefallen ist.« Cody verabschiedete sich und verließ Toms Haus.

»Meinst du wir haben dazu Ruhe«, fragten Kate und Mona wie aus einem Mund. Sichtlich waren beide noch sehr aufgewühlt von dem Vorfall, der sich vor Kurzem hier ereignete.

»Ja«, meinte Bill. Die Typen sehen wir so schnell nicht wieder, die rechnen erstmal damit, das hier der Sheriff auftaucht. Und ein Treffen mit ihm wollen sie mit Sicherheit vermeiden.«

Tom legte seine Pistole zurück in den Safe, entnahm die Cin-Box und ging zu seinem Sessel zurück.

»Auf einen neuen Versuch«, meinte er und stimmte zu einer kleinen Meditation an. Mona, Kate und Bill taten es ihm gleich.

Kurze Zeit später konzentrierte sich Tom auf den gestrigen Abend und das Hause von Tampler. Wie üblich begann es mit einem kribbeln in den Händen, bis sich der Kreis in seinem Rücken schloss. Unmerklich verschoben seine Finger die kleinen Riegel der Box und Toms Sinne wirbelten wild durcheinander, bis sich seine Gedanken neu ordneten.

Toms geistiger Körper befand sich nun in der Tiefgarage, die ihm wohl bekannt war. Eine sehr sparsam bekleidete junge Frau, deren Genitalien freilagen, empfing die Insassen der beiden Limousinen und begleitete sie zum Aufzug, der schon mit geöffneter Tür parat stand. Tom traute kaum seinen Augen, irgendwie fühlte er sich ins späte Mittelalter versetzt. Die Kleidung der angekommenen Gäste entsprang der Renaissance, wobei gewisse Stellen der Damen unbekleidet blieben. *"Na das kann ja heiter werden"*, dachte sich Tom und folgte ihnen bis in die Etage in der Tom seiner Zeit die Möbel der besonderen Art geliefert hatte.

Die sparsam bekleidete junge Frau führte die Gäste zum Empfang, wo ein Buffet aufgebaut war. Eine in schwarzen Leder gekleidete Frau begrüßte die Herren und reichte ihnen mit Champagne gefüllte Gläser. Unterdessen knieten die Damen neben ihren Begleitern und kreuzten die Hände auf dem Rücken. Die Lady im schwarzen Leder machte einen selbstbewussten Eindruck und betonte ihre weiblichen Reize ohne die entsprechenden Teile ihres Körpers freizugeben, wie es bei den übrigen Damen der Fall war.

Mittlerweile trafen zwei weitere Paare auf der Etage ein, sowie Dr. Tampler mit Begleitung. Kleidungsmäßig gab es auch bei ihnen keine nennenswerten Unterschiede zu den Vier, die Tom aus der Garage nach oben begleitet hatte. Lediglich das Personal, das ausschließlich dem weiblich

Geschlecht zugeteilt werden konnte, verfügte so gut wie über keinerlei Kleidung.

Tom versuchte sich die Gesichter der Besucher einzuprägen, um sie eventuell später zuordnen zu können. Während diese sich untereinander begrüßten und sich in Gespräche vertieften. Tom traute seinen eigenen Augen nicht, als er in der schwarz gekleideten Leder Dame Pam erkannte. Dass sie für das Catering zuständig war, war ihm schon bewusst, das sie allerdings scheinbar gleichberechtigt mit den Herren Teil der Gesellschaft war, damit hatte er nicht gerechnet.

Das Klingeln einer Tischglocke riss Tom aus seinen Gedanken über Pam.

»Meine Herren, Madame Pain, darf ich kurz um ihre Aufmerksamkeit bitten.«

Das Raunen von den Unterhaltungen im Raum verstummte langsam und die Gäste wendeten sich ihrem Gastgeber zu.

»Aus Sicherheitsgründen müssen wir heute leider auf die angekündigte Zeremonie verzichten und uns mit dem Begnügen, welches unser Eigen ist. Trotz allem gehe ich davon aus einen befriedigten Abend zu genießen.«

Ein enttäuschtes Raunen erfüllte den Raum.

»Meine Herren, Madame Pain, ich versichere ihnen, die Zeremonie zu gegebener Zeit nach zu holen.«

»Mist«, dachte sich Tom.

»Das muss ich mir dann auch nicht antun, um bei den übrigen Spielchen beizuwohnen. Woher wusste er, dass wir ein Auge auf ihn geworfen haben.«

Enttäuscht kehrte Tom in das hier und jetzt zurück. Als er seine Augen aufschlug, sahen ihn Mona, Kate und Bill erwartungsvoll an.

»Tut mir leid Freunde, Tampler, hat die „Zeremonie" wie er es nannte aus Sicherheitsgründen verschoben. Ich vermute, dass er einen Tipp bekommen hat, und wollte nichts riskieren. Den Rest der Show wollte ich mir nicht antun. Neben Ihm und Madame Pain, konnte ich ich mir 4 markante Gesichter einprägen, nebst ihren Begleiterinnen, die sie Ihr Eigen nennen.«

»Wer ist Madame Pain?«, fragte Bill. Und Mona und Kate sahen Tom fragend an.

Tom konnte sein Grinsen nicht verbergen.

»Die Dame, die für das Catering zuständig ist.«

»Pam, Pam Mc Queen?«, schoss es aus Mona heraus. »Ich dachte sie liefert nur das Buffet.«

»Scheinbar nicht nur. Sie genießt den gleichen Stand wie die Herren der Runde«, gab Tom zur Antwort.

»Na das haut mich jetzt von den Socken«, warf Bill ins Gespräch.

»Ha, was soll ich erst dazu sagen. Was meinst du, wie ich mich ihr gegenüber verhalten soll, wenn ich ihr das nächste Mal gegenüberstehe. So tun, als wüsste ich nicht, was sie so treibt?

Du hättest ihr Outfit sehen sollen. Da läuft es dir kalt den Rücken runter.«

Kate hielt sich die Hand vor den Mund und musste laut lachen.

»Tom auf allen Vieren und Pam mit der Peitsche in der Hand«, schoss es aus ihr heraus.

Kaum hatte sie es ausgesprochen musste Mona ebenso lachen.

»Wir können ja schon mal üben Schatz«, platzte es aus Monas lachen.

»Ja witzig, sehr witzig ha ha«, meinte Tom mit ernstem Gesicht.

Aber auch Bill fand es jetzt sehr komisch und lachte über die Sticheleien.

»Ich kann mir das echt vorstellen«, bemerkte er noch, ohne sein Lachen zu unterbrechen.

Nach einer Weile verebbten die Witze über Tom und er fragte, wie es nun weitergehen soll?

Hier stand immer noch das Leben von 3 Kindern im Raum. Ziel des Unterfangens war, diese Kinder nach Möglichkeit so gut wie unbeschadet zu befreien, aber wie?

Bisher wusste niemand, wo sich die Kinder zurzeit aufhielten. Wie Tom bei einem seiner Virtuellen Besuchen festgestellt hat, wurden die Kinder auch Vermietet oder außerhalb von Tamplers Haus gefangen gehalten.

»Was war mit den vier Männern der Runde, kanntest du jemanden davon?«, fragte Bill.

»Nein«, sagte Tom. »Zwei Gesichter habe ich schon mal gesehen, aber ich kann sie im Augenblick nicht zuordnen.«

»Tom, was hältst du davon, wenn wir Ron einen Besuch abstatten und fragen, was er so darüber denkt. Möglicherweise hat auch er neue Erkenntnisse in dem Fall.«

»Keine schlechte Idee Bill. Mona, fährst du bitte mit Kate, ich möchte nicht das du hier alleine bist.

Meinetwegen geht shoppen, da seid ihr sicherer als hier. Man weiß ja nie.« Tom unterbrach hier seinen Satz. Mona und Kate sahen sich nur an, lachten und meinten wie aus einem Mund.

»Gut, wenn du das so möchtest.«

Tom und Bill saßen im Büro bei Sheriff Ron und tauschten die neuesten Erkenntnisse der letzten Nacht aus. Noch immer wusste Ron über die Fähigkeiten von Tom nicht bescheid und bohrte stetig, nach woher die Informationen stammten. Immerhin benötigte Ron hieb- und stichfeste Beweise, um tätig zu werden. Zumal ihn der Polizeichef im Fall Dr. Tampler untersagt hat aktiv zu werden. Allerdings wollte weder Tom noch Bill darüber Auskunft geben.

Wie auch, wer glaubt schon an übernatürliche Kräfte. Da auch Ron keine weiteren Informationen zu bieten hatte, verließen Tom und Bill nach knapp einer Stunde sein Büro.

Beim Durchqueren der großen Eingangshalle erstarrte Tom mitten im Gespräch mit Bill. Nach zwei drei schritten hielt auch Bill an und drehte sich zu Tom um.

»Was?«, fragte Bill, als er Toms Blick bemerkte, der gebannt die Bilder an der Wand betrachtete.

Tom zeigte auf zwei der Bilder. (Richter Hank Lippman sowie Polizeichef Harry Baker) Beide zuständig für den County.

Bill betrachtete die Bilder, sah zu Tom und fragte:

»Zwei der Gäste?«

»Jup!«, meinte Tom. »Nun wissen wir, weshalb Ron seine Füße stillhalten soll.«

Schweigend verließen die Beiden das Gebäude und stiegen in Bills Auto. »Und nun?«, fragte Tom.

Part 12

Drei Tage verstrichen, ohne dass Tom oder Bill eine geeignete Lösung in den Sinn kam. Mit Sicherheit stand es fest, dass auf rechtmäßigen Weg keine schnelle Aufklärung zu erreichen war. Um aber eine höhere Obrigkeit als den Richter und den Polizeichef einzuschalten, fehlten eindeutig die erforderlichen Beweise.

Tom und Bill versuchten soviel Informationen über die Beiden herauszufinden wie möglich. Am späten Nachmittag saß Tom in der Universitätsbibliothek und suchte in deren Computer nach Artikel, die Richter Lippman und Polizeichef Baker betrafen. Neben Tom lag sein Block, auf dem er sich gerade einige Notizen machte. Tom zuckte zusammen, als sich von hinten eine Hand auf seine Schulter legte.

»Oh, entschuldigen sie. Ich hatte keinesfalls die Absicht sie zu erschrecken«, erklärte ihm sanft eine weibliche Stimme hinter seinem Rücken. Tom klickte das Fenster im PC auf Minimieren und drehte sich der Dame entgegen.

»Schon Ok, ich hatte nur nicht damit gerechnet, jemanden hier zu treffen. Ich war ganz im Gedanken in den Artikel versunken.«

»Ich bin Dorothy, können wir uns mal unterhalten Tom… ich hätte da einige Fragen, bei denen du mir weiterhelfen könntest.«

Tom war sichtlich perplex. »Kennen wir uns Dorothy? Ich kann mich leider nicht daran erinnern woher.« Toms Gedanken suchten verzweifelt, wo er Dorothy einordnen konnte. Immerhin schien sie ihn zu kennen und ihr Gesicht war ihm bekannt, doch woher er sie kannte, fiel ihm soeben auf die schnelle nicht ein.

»Nein Tom, bisher nicht persönlich aber es könnte sein, das du mich von Fox 13 News kennst. Ich bin Dorothy Keller.«

Toms Augenbrauen zogen sich zusammen und auf seiner Stirn bildeten sich Falten. Dorothy müsste eigentlich erkennen, dass sein Gehirn auf Hochtouren lief.

»Oh… schön dich zu treffen Dorothy… ich wüsste allerdings nicht, wobei ich dir helfen könnte. Bist du dir sicher das ich der richtige Tom bin, den du suchst?«

Dorothy verzog ihre Lippen zu einem charmanten Lächeln. »Wenn du Thomas Berger aus Deutschland bist, habe ich meine Recherchen richtig gemacht.«

Dazu fiel Tom nichts mehr ein, was wollte sie von ihm und warum machte sie sich die Mühe Informationen über ihn zu sammeln? Tom konnte Dorothy nicht einschätzen, in welcher Verbindung sie zu ihm stand. Für Tom hieß es jetzt cool bleiben und abwarten, was auf ihn zukam.

»Ok Dorothy, du hast den Richtigen. Wie kann ich dir helfen. Ich denke mal nicht, dass Fox 13 einen neuen Moderator sucht, und solltest du ein Problem mit deinem Haus haben, ist das ein ungewöhnlicher Weg mich in der Uni persönlich aufzusuchen.«

Noch immer lächelte Dorothy Tom an. »Nein, keines von beiden, ich dachte hier ist ein guter Platz um mit dir ungestört eine Unterhaltung zu führe. Wollen wir dazu in die Cafeteria gehen und einen „Cappuccino" trinken? Das ist doch dein bevorzugtes Getränk.«

»Himmel, die Frau weiß mehr über mich, als ich annahm«, dachte sich Tom. »Gerne, ich melde mich nur aus dem System ab.«

Kurze Zeit später saßen beide in einer gemütlichen Ecke in der Cafeteria der Universitätsbibliothek. Nur wenige Besucher waren noch im Raum verteilt, wobei die meisten von ihnen in ihre Bücher vertieft waren. Lediglich zwei Studenten saßen am anderen Ende der Cafeteria und führten ein angeregtes Gespräch. Dorothy und Tom konnten somit ein ungestörtes Gespräch führen ohne, dass ihnen jemand zuzuhören vermochte.

»Tom«, begann Dorothy das Gespräch von sich aus:
»Ich rede nicht gerne um den heißen Brei. Hier kommen meine Fakten und ich hätte gerne deine Meinung dazugehört. Ich bin mir sicher, dass du über die Zusammenhänge bescheid weist. Ebenso wie Du und dein Freund Bill, bin ich daran interessiert, Licht in die Sache zu bekommen.«

Tom war überrascht, dass Dorothy sofort zur Sache kam. Wie konnte es dazu kommen, dass er nicht bemerkte, dass die Presse ihn im Auge hatte. Vor allem wie kam sie direkt auf ihn. Und außerdem von welcher Sache redet sie, möglicherweise meint sie etwas ganz anderes?

Dorothy sah Toms Skepsis an und das ihm viele Fragen durch den Kopf gingen. Sie war schon lange im Geschäft um ihre Gesprächspartner einschätzen zu können. Ein Talent, das ihr scheinbar in die Wiege gelegt wurde und ihr einen großer Vorteil in der Branche bot. Unbehelligt fuhr sie fort.

»Es sind sechs Kinder verschwunden, für drei von ihnen kam leider jede Hilfe zu spät.«

Tom musste schlucken. »Also doch«, dachte er sich.

»Mir liegt ebenso wie dir daran, das Leben der anderen Drei zu retten. Du bist mir aufgefallen, weil du und dein Freund Bill häufig, die Köpfe mit Sheriff Myers zusammensteckt. Das bedeutet, ihr seit ebenso an der Aufklärung des Falls interessiert wie der Sheriff und ich. Nur kommen die Entscheidenten Informationen von dir, aber dem Sheriff scheinen die Hände gebunden, jedenfalls unternimmt er nicht viel. Weiterhin haben wir einen roten Dodge Van und zwei dubiose Gestalten. Beide sind früher und auf andere Weise aus dem Leben geschieden wie geplant und mit Sicherheit war es kein reuevoller Selbstmord. Ein Eigennutzen können wir ausschließen und ihren Auftraggeber ebenso. Eine Spur führt zu dem Anwesen von Dr. Robert Tampler. Und im Augenblick ist dein Interesse auf Richter Hank Lippman und Polizeichef Harry Baker gerichtet. Wie weit hängen die beiden in der Sache? Du recherchierst garantiert nicht, um ihnen am Jahresende eine Weihnachtskarte zu schicken.«

Dorothys Blick war ernst auf Tom gerichtet. Sie wusste genau, dass sie ihn mit den Fakten voll erwischt hat. Tom holte tief Luft, doch bevor er einen Ton sagen konnte, fuhr Dorothy fort.

»Tom, ich möchte bitte jetzt weder Ausflüchte noch Märchen von dir hören. Mir liegt es am Herzen, die Kinder zu retten und die Verantwortlichen vor Gericht zu bringen. Dieser Fall muss so schnell wie möglich aufgeklärt werden. Im Namen der betroffenen Familien und der Gerechtigkeit.«

Dorothy nahm Tom jeglichen Wind aus den Segeln. Verzweifelt sank er auf seinem Stuhl zusammen und überlegte, was er ihr sagen konnte und vor allem wie er es sagen sollte und er wünschte sich Bill wäre jetzt bei ihm. Unbeirrt saß Dorothy Tom gegenüber und blickte ihn erwartungsvoll an. Geduldig lies sie ihm genügend Zeit darüber nachzudenken. Sie wusste genau das Drängen jetzt keinen Sinn machte.

Minuten verstrichen schweigend am Tisch, während Tom seine Gedanken im Kopf Achterbahn fuhren. Wo und wie konnte er damit anfangen. Immer wieder sah er in Dorothys Augen, die ihn erwartungsvoll ansahen. Doch sie sagte kein weiteres Wort.

»Ok,« brach Tom endlich das Schweigen am Tisch.

»Alles was ich bisher darüber weiß, ist leider nicht gerichtlich verwertbar.«

Tom legte eine kleine Pause ein.

»Tampler gibt SM-Partys. Baker sowie Lippman decken ihn, da sie selbst diese Neigung teilen.« Wieder eine kleine Pause.

»Ich weiß, das Tampler etwas mit den Kindern zu tun hat. Er hält sich aber im Augenblick sehr bedeckt. Vergleicht man die Obduktionsberichte mit seinen Praktiken, könnte man auf den Gedanken kommen, dass die Kinder missbraucht, getötet und entsorgt werden. Die beiden Ganoven waren seine Handlanger.« Immer wieder musste Tom dabei seine Wut herunterschlucken.

»Dann haben wohl die zwei Ganoven die Kinder besorgt und im Anschluss wieder entsorgt. Ist Tampler auch für deren Ende verantwortlich?«, fragte Dorothy sehr bedrückt.

»Ich vermute eher, dass die Verantwortlichen für das Ende der Beiden in Ruskin zu suchen sind. Dort ist das Vertrauen in die Justiz nicht so gefestigt. Angelegenheiten wie diese erledigt man dort lieber selbst.«

»Worauf stützen sich deine Informationen«, hakte Dorothy nach.

»Genau das ist mein Problem. Nennen wir es eine höhere Macht oder eine innere Eingabe. Egal wie, ich kann es nicht beweisen.«

»Du bist dir aber sicher, dass sie darin involviert sind?«

»Ja, zumindest sind sie ein Teil des Rätsels.«

»Na gut, lass mich sehen, was ich über die Herren herausfinde, meine Quellen sind auch nicht schlecht. Tom, ich danke dir für deine ehrlichen Antworten. Darf ich dich jetzt alleine lassen, ich glaube es gibt viel zu tun. Bleiben wir in Verbindung?«

Dorothy erhob sich von ihrem Platz und schob ihren Stuhl an den Tisch. Griff in ihre Tasche und reichte Tom eine Visitenkarte.

»Hier ist meine private Nummer. Ruf mich an, wenn du etwas Neues findest.«

»Ja gerne, gibst du mir bescheid, wenn du etwas herausfindest?«

»Ist doch klar Tom, eine Hand, wäscht die Andere.«

Tom brach seine Recherche in der Uni ab und fuhr direkt zu Bill, um mit ihm über seine Begegnung mit Dorothy zu reden. Noch immer konnte Tom nicht glauben, dass er von Dorothy dermaßen kontrolliert wurde, ohne es zu bemerken.

Tom war gerade auf dem Weg zu Bill, als ihn der Anruf von Bill erreichte. »Tom, wo steckst du, können wir uns sofort treffen?«

»Ja klar, ich bin gerade auf dem Weg zu dir.«

»Dann dreh um und komm zu Sams ich warte dort in der Bar auf dich.« Bill legte auf, ehe ihm Tom Fragen stellen konnte.

Nein umdrehen brauchte Tom nicht. Er befand sich noch am Rande von Tampa und Sams Steakhouse lag in Brandon. Knapp 10 Minuten später traf Tom an seinem Ziel ein. Bill saß an der Theke und wartete schon auf Tom.

»Las uns ins Restaurant gehen. Ich habe uns schon einen Tisch reserviert. Da sind wir auch ungestört.« Bill griff nach seinem Drink und verlies die Bar. Tom bemerkte sofort die Aufregung in Bills Stimme und folgte ihm.

»Was gibt es denn so dringendes«, fragte Tom gleich, nachdem sie ihre Plätze eingenommen hatten.

»Ich war gerade bei Ron und wollte ihm einige Informationen entlocken, was seinen Polizeichef betrifft. Aber dort ist seit gestern die Hölle los. Harry Baker ist seit gestern Nachmittag spurlos verschwunden. Der Letzte, der ihn gesehen hat, war der Caddy Junge vom Golfklub. Baker ist nach dem Spiel zum Parkplatz. Sein Wagen fuhr weg und wurde seit dem nicht mehr gesehen. Weder das Auto noch der Chef, einfach verschwunden. Alle Streifenwagen suchen nach ihm.«

»Ach deshalb waren so viele Streifenwagen unterwegs. Ich habe mich schon gewundert das an den Ausfallstraßen Polizei zu sehen ist. Was meinst du ist der Grund seines Verschwindens. Ich glaube nicht, dass er sich abgesetzt hat.«

»Nein, das glaube ich auch nicht. Wer das vorhat, geht nicht erst zum Golfspielen. Außerdem was sollte man ihm zur Last legen.«

»Hast du herausgefunden, mit wem er dort gespielt hat?«

»Nein, leider nicht. Ron führt nicht die Untersuchung. Die hat das FBI übernommen. Immerhin handelt es sich hier um den Polizeichef von Tampa. Was hast du eigentlich in der Uni gefunden? Gab es etwas Aufregendes von den Beiden?«

»Nein, aber ich hatte ein sehr interessantes und unerwartetes Treffen. Deshalb war ich auf dem Weg zu dir.«

Bill blickte erstaunt und erwartungsvoll zu Tom. »So, wen hast du getroffen?«

»Dorothy Keller von Fox 13 News.«

»Was hatte sie dort verloren?«

»Sie hatte mir aufgelauert und wollte wissen, weshalb wir uns so für Lippman und Baker interessieren. Sie beobachtet uns schon eine Weile und hat mich mit Fakten nur so bombardiert.«

Bill verschlug es die Sprache, er stellte sogar das Kauen für einen Augenblick ein, bevor er seinen Happen beendete und seine Sprache wiederfand.

»Reporter, die haben ihre Augen und Ohren überall. Für gewöhnlich trifft man sie dann, wenn man sie am wenigsten gebrauchen kann. Auf der anderen Seite haben sie die Macht, die Wahrheit öffentlich zu machen. Diese Macht hat schon einigen das Genick gebrochen.«

»Ich hatte von ihr den Eindruck, dass sie auf unserer Seite steht und bestrebt, ist die Drei Kinder zu retten und die Schuldigen ihrer gerechten Strafe zuzuführen.«

Schon der nächste Morgen sollte für Tom eine echte Überraschung bringen. Wie üblich lief der Fernseher, in dem das Morgenmagazin von Fox 13 übertragen wurde. Tom hörte die Stimme von Dorothy Keller, die mit einer Eilnachricht die Sendung unterbrach. Im Hintergrund liefen Bilder, die den Einsatz der Feuerwehr zeigten, die soeben ein Ford Grand Victoria gelöscht hatte. Dieser Wagentyp wird überwiegend von der Polizei gefahren. Jedoch das Eigenartige daran war die Tatsache, dass sich der Brand genau auf dem Grundstück befand, wo vor Kurzem der Trailer abbrannte, indem die erste Kinderleiche gefunden wurde.

Deutlich konnte man auf dem Film erkennen, dass sich eine Person in dem völlig ausgebrannten Wagen befand. Kurz darauf wurde der Kameramann von einem der Polizisten zurückgedrängt. Tom sah gebannt auf den Fernseher und lauschte den Worten von Dorothy.

»Anhand des Kennzeichens handelt es sich eindeutig um ein ziviles Polizeifahrzeug. Die Vermutung liegt nahe, dass es sich bei dem Toten hierbei um den Polizeichef Harry Baker handeln könnte, der seit 2 Tagen als vermisst gemeldet ist. Gewissheit darüber werden die forensischen Untersuchungen ergeben sowie die Umstände, wie es zu dem Brand und dem Tod des Insassen kam.«

»Wow«, dachte sich Tom, »jetzt sollte Lippmann seinen Arsch ins Trockene retten. Ich glaube kaum das dies das Ergebnis später Reue von Baker ist.«

»Glaubst du die Jungs von Ruskin, haben was damit zu tun?«, fragte Mona im gleichen Augenblick.

»Das würde ich auch so sehen«, antwortete Tom.

»Die Jungs sind nicht doof. Und bevor die Schweine straffrei ausgeben, nehmen sie die Sache lieber selbst in die Hand. Du weißt ja, in den oberen Kreisen wird gerne mal ein Auge zugedrückt und unter den Teppich gekehrt.«

»Ich denke aber bei Baker werden die Behörden genauer den Fall untersuchen, als bei den beiden Ganoven, die sich zuvor vom Leben verabschieden mussten«, erwiderte Mona.

»Ja, mit Sicherheit. Auf die Beiden konnte man schön die Schandtaten abwälzen, damit die Hauptverantwortlichen eine reine Weste behalten. Einigen aus der Tampler Gruppe wird diese Nachricht sicherlich den Schweiß auf die Stirn treiben. Sicher kann sich jetzt keiner mehr von ihnen fühlen.«

Insgeheim musste Tom bei seinen Worten in sich hinein schmunzeln.

»Da bewahrheiten sich die Worte, dass alles was man tut, irgendwann auf einem zurückfällt«, fügte Mona noch schmunzelnd hinzu.

Tom führte nach dem Frühstück noch einige Telefonate mit Kunden und verlies im Anschluss das Haus. Leider macht sich die Arbeit ja nicht von alleine.

»Pass auf dich auf«, meinte Mona, als sie Tom verabschiedete.

»Na klar, du aber auch und halte die Türen geschlossen, und wenn etwas ist, ruf mich oder Kate an.« Tom küsste Mona, stieg in seinen Van und verlies das Grundstück. Heute lagen lediglich zwei Hausinspektionen an, was ihm einen lockeren Arbeitstag versprach. Das Erste davon war eins der angrenzenden Grundstücke von Pams Haus. Donna kannte Tom von den Arbeiten, die er des öfteren an Pams Haus vornahm.

Außerdem wurde Toms Van vor verschiedenen Häusern, in der Siedlung gesehen, und so sprach es sich schnell herum, einen verlässlichen Handwerker an der Hand zu haben.

Für gewöhnlich standen die Häuser bei einer Inspektion zum Verkauf und Tom wurde von dem Makler oder dem zukünftigen Besitzer beauftragt. Bei Donna handelte es sich lediglich um einen Versicherungswechsel, wobei es der Versicherung um den Zustand und dem Marktwert des Hauses ging.

Zu Toms bedauern zählte Donna zu den sehr geschwätzigen Damen und sie fing umgehend damit an, sobald sie ihm die Tür öffnete. Tom stellte seinen Koffer mit den Prüfgeräten in die Küche und erhielt sofort ungefragt einen Pot Kaffee.

»Wie ich von meinen Nachbarn erfahren habe, ist doch Kaffee dein Lieblingsgetränk, oder hättest du lieber eine Coke? Schwarz ohne Zucker ...« betonte Donna noch, »so wie du ihn bevorzugst.«

Donna stand grinsend vor Tom und klimperte mit ihren falschen Wimpern. »Wollen wir uns nicht setzten, dann kannst du erstmal in Ruhe deinen Kaffe trinken.« Dabei wies sie mit einer Handbewegung auf den Esstisch.

Tom war es schon gewohnt, das es den Damen nicht um ein schnelles Abenteuer ging, sondern bevorzugt um die Unterhaltung mit ihm. Tom konnte zuhören und hatte immer ein nettes Wort für die Ladys. Auf diese Weise entstand eine Win Win Situation. Tom war beliebt und wurde gerne weiter empfohlen und die Damen hatten eine nette Abwechslung in ihrem tristen Alltag. Also willigte er ein und lies sich die Ohren vollquatschen.

Wie die lieben Nachbarn nun einmal so sind, kam auch Pam schnell ins Gespräch. Donna kannte noch Pams Ehemann, bevor er damals spurlos verschwand. Das allerdings war ein Tema, wobei sich Toms Ohren aufstellten. Über das, was er jetzt über Pam wusste, interessierte ihn das Kapitel sehr. Donna bemerkte schnell, Toms Aufmerksamkeit und drehte richtig auf.

»Ich verstand damals schon nicht, was Pam an ihm fand. Er war ein unauffälliger, nichtssagender und zurückhaltender Typ. Ich hatte immer den Eindruck Pam hat bei ihnen die Hosen an. So ist doch kein Mann. Man erwartet doch von dem starken Geschlecht, dass er etwas darstellt und seine Familie beschützen kann.«

Tom hakte nach. »Aber die Zwei hatten doch damals schon das Geschäft und ihre Tochter. Hat er denn nicht das Geschäft aufgebaut?«

Donna lachte laut auf: »Er? Nein mit Sicherheit nicht. Dazu war er viel zu weich. Vielleicht auf dem Papier. Adam hat sich liebevoll um Linda gekümmert. Pam hätte sie niemals so verwöhnt wie er. Aber eines Tages war er spurlos verschwunden und nebenan zogen andere Zeiten ein. Drei Tage später ließ Pam die Gartenhütte bauen, und wenn Pam Geschäftspartner im Haus hatte, musste die kleine Linda dort die Zeit verbringen.

Tom beschlich ein merkwürdiges Gefühl und ein kalter Schauer lief ihm den Rücken herunter. Gab es hier eventuell einen Zusammenhang, weshalb Pam das Fundament der Gartenhütte nicht beheben ließ?

Ein schrilles Klingeln riss Tom aus seinen Gedanken. Donna entschuldigte sich und ging zum Telefon. Für Tom war dies eine gute Gelegenheit Donna anzudeuten, dass er mit seiner Arbeit beginnen wollte. Er nahm sich einige Geräte aus dem Koffer und begab sich in die obere Etage.

Tom war gerade dabei, dass zweite Haus zu Inspizieren als ihn der Anruf von Dorothy erreichte:

»Hey Tom, Dorothy hier. Wie sind deine Kontakte nach Ruskin? Sicher hast du mitbekommen, was letzte Nacht los war.«

»Hey Dorothy. Ja klar, ich habe heute Morgen deinen Bericht in den News gesehen. Nun ja, ich habe einige Kunden in Ruskin aber die stehen in keinem Verhältnis zu den Geschehen. Gibt es schon Erkenntnisse?«

»Nicht offiziell, das FBI hält sich sehr bedeckt. Sicher ist, dass es sich bei der Leiche im Fahrzeug um den Polizeichef handelt und das er nicht als Mann gestorben ist, wenn du verstehst, was ich meine.«

»Oh ja, ich denke mal ihm fehlt sein bestes Stück.«

»Die Ermittlungsarbeit konzentriert sich auf die Familien der vermissten Kinder. Das FBI vermutet, die Täter in Ruskin zu finden. Du hast nicht rein zufällig Kontakt zu einer der Familien?«

»Nein tut mir leid Dorothy. Aber mal Ehrlich. Wer hätte sonst Interesse daran, auf diese Art zu richten.«

»Richtig, es wäre aber interessant zu erfahren, wer noch in der Sache involviert ist, bevor das FBI die Täter Mundtod macht und die wahren Täter straffrei ausgehen.«

»Ach darauf möchtest du hinaus. Soweit habe ich noch gar nicht gedacht. Aber wie schon gesagt da muss ich passen.«

»Schon ok Tom, es war ein Versuch wert. Ich melde mich ok.«

Der Nachmittag brach an und Tom machte sich nach seiner letzten Inspektion auf den Weg zu Bill. So wie er Bill einschätzte und kannte, war er sicherlich nach den heutigen News damit beschäftigt, Näheres über die Umstände heraus zu bekommen.

Auf der Fahrt zu Bill rief Tom bei Mona an, um sie zu unterrichten, dass er noch schnell bei Bill halten will.

»Hi Schatz, alles ok? Was machst du gerade?«

»Ich bin mit Kate im Einkaufszentrum, kommst du heim?«

»Noch nicht, ich bin auf dem Weg zu Bill. Ich wollte dir nur schnell Bescheid geben, aber wie ich sehe, bist du ja beschäftigt.«

»Ja, Kate und ich ,wir haben uns das schon gedacht, also haben wir die Gelegenheit genutzt und sind shoppen gegangen. Kate hat mich abgeholt und wir wollten etwas zum Essen mitbringen also warte bei Bill bis wir kommen ok?«

»Geht in Ordnung und richte Kate Grüße aus. Bis später.«

Wie schon erwartet, saß Bill in seinem Büro und kontaktierte Leute, die etwas über den Fall wissen könnten.

»Stell dir vor, Lippmann hat alle Termine abgesagt und ist nicht im Gericht.«

»Ja, das hab ich mir fast gedacht. Wenn es schon Baker erwischt, würde ich mir an seiner Stelle auch Gedanken machen. Obwohl das Gerichtsgebäude ein sicherer Platz ist.«

»Nur nicht rund um die Uhr. Irgendwann muss er mal raus«, antwortete Bill mit einem breiten Grinsen auf dem Gesicht.
»Hast du etwas über Tampler herausgefunden?«
»Nein, der steht nicht in der Öffentlichkeit wie Lippmann.«
»Und Pam? Was gibt es von Ihr?«
»Nach dem letzten Stand ist sie im Restaurant.«

Zwei Tage später stand am Morgen, wie aus dem Nichts vor dem Gerichtsgebäude in Tampa eine Eiserne Jungfrau. Keiner hatte etwas gesehen oder bemerkt. Die Videoüberwachung, die das Gelände um das Gericht kontrollierte, hatte später lediglich eine Bildstörung von 10 Sekunden angezeigt, bevor die Lady dort stand. Polizei und Reporter der verschiedensten TV Stationen und Tageszeitungen versammelten sich in Windeseile vor dem Gericht. Aus Sicherheitsgründen sperrte die Polizei die Skulptur weiträumig ab und ein Sonderkommando wurde angefordert.

Die Befragten Sicherheitskräfte aus dem Gerichtsgebäude konnten sich das Erscheinen nicht erklären. Da sich das Ereignis vor der Morgendämmerung ereignete, war weder im Eingangsbereich noch im Gebäude Personal anwesend. Nur der Wachmann im Videoüberwachungsraum bemerkte die Figur und alarmierte umgehend die Polizei.

Als das Sonderkommando eintraf, stand die Sonne schon weit über dem Horizont im Osten. Die Sonnenstrahlen, die auf die Eiserne Jungfrau fielen, ließen sie majestätisch und doch geheimnisvoll erscheinen. Die Einsatzfahrzeuge blockierten ein Teil der Twiggs Street und Jefferson Street, sodass den Reportern ein unmittelbarer Blick auf die Vorgehensweise des Sonderkommandos verwehrt blieb. Der Verdacht, dass sich ein Sprengsatz in der Figur befinden könnte, bestätigte sich nach eingehenden Untersuchungen nicht. Dafür fand man im Inneren der Jungfrau den Richter Hank Lippmann. Ironischerweise direkt vor der Bronzefigur der Justitia.

Richter Lippmanns Leichnam stand unbekleidet in der Eisernen Jungfrau, gehalten von den unzähligen Dornen, die in seinen Körper eingedrungen waren. Seine Augen waren weit aufgerissen und sein Körper glänzte in dem einfallenden Sonnenlicht wie aus Wachs. Aus jeder der Wunden führte ein Rinnsal aus Blut zum Boden, wo sich eine erhebliche Lache gebildet hatte.

Nachdem das Sonderkommando die Eiserne Jungfrau geöffnet hatte und sich des Inhaltes bewusst war, wurden umgehend Sichtschutzwände errichtet, dass der Anblick des Richters vor den Blicken der Reporter geschützt wurde. Man wollte vermeiden, dass die Bilder in der Presse verbreitet wurden.

Dorothy Keller gehörte nicht umsonst zu den Besten ihrer Branche. Ihr Spürsinn, dass es etwas Besonderes mit der Figur auf sich hatte, gab ihr wieder einmal Recht. Vorsorglich hatte sie einen ihrer Fotografen in das Nebengebäude geschickt. Ein Fenster im oberen Stockwerk gewehrte ihm einen perfekten Blick über die Abschirmung hinweg auf das Innere der Figur. Mit seinem Teleobjektiv gelang es ihm, detailgenaue Aufnahmen zu schießen.

Ein Polizeisprecher schickte die Reporter mit einigen banalen Informationen fort, mit dem Hinweis, dass am späten Nachmittag in einer Pressekonferenz weitere Erkenntnisse bekannt gegeben werden. Noch wurde geheim gehalten, wer die Person im Inneren der Figur war.

Bei der Auswertung der Bilder in der Redaktion wurde Dorothy schnell klar, um wen es sich dabei handelte. Dank der hervorragenden Qualität der Aufnahmen entdeckte Dorothy schnell einen Zettel im Inneren der Figur. Nach einigen Vergrößerungen konnte sie nun die Schrift darauf lesen.

Wenn Kinderseelen weinen, der Unschuld beraubt
und die Dunkelheit das frohe Lachen der Kindheit bricht.
Von Männerhand geschändet deren Geld und Macht regiert,
der Todeskuss der Jungfrau für Gerechtigkeit spricht.

Noch vor der Pressekonferenz lief auf Fox 13 News ein ausgiebiger Bericht über den Fund in den Morgenstunden vor dem Gerichtsgebäude. Einige der Fotos unterlegten Dorothys Kommentare, ohne die Intimsphäre des Richters zu verletzen. Jedoch brachte sie klar zum Ausdruck, dass diese Hinrichtung mit dem Verschwinden und dem Missbrauch der Kinder in Verbindung stand.

Was Dorothy jedoch nicht sehen konnte, kam erst nach der Entnahme des Leichnams von Richter Lippmann zum Vorschein. An der Innenseite der Rückwand der Eisernen Jungfrau befand sich eine weitere Nachricht.

Der Kinderschmerz ihr großes Leid kannst du beenden jederzeit.
Verborgen ein Raum so dunkel und klein,
trübt der prachtvollen Villa Schein.
Missbrauchen mit Gewalt und machtvoll sein,
Dr. Tampler lädt dich gerne ein.
Hier kannst du Herr über Leben und Tod mal sein.

Umgehend wurde eine Lagebesprechung eingeleitet, um die Vorgehensweise zur Durchsuchung auf dem entsprechenden Anwesen zu organisieren. Sondereinheiten wurden zusammengestellt, Helikopter bereitgestellt und Rettungskräfte der Ambulanz geordert. Während der Organisation stand das Grundstück schon unter Beobachtung, um auffällige Aktivitäten vonseiten der Bewohner zu registrieren.

Als Lieferservice getarnt näherten sich die erste Einheit dem Wachpersonal am Gate. Das FBI wollte vermeiden, das eine voreilige Alarmierung von hier an das Grundstück gelangte. Nachdem das Gate gesichert war, rückten die Einheiten dem Anwesen entgegen. Schnell waren die Häuser der Nachbarn besetzt um die Bewohner zu schützen, sollte es zu einem Schusswechsel kommen.

Nachdem alles gesichert war, erfolgte der Angriff und das Eindringen in den Räumlichkeiten der Villa. Wiedererwartens gab es keinerlei Gegenwehr des Personals im Haus.

Zum Bedauern des FBI wurde der Hausherr Dr. Tampler und sein Chauffeur Don Waslow nicht angetroffen. Die weiblichen Hausangestellten wurden verhaftet und zum Verhör in die Dienststelle gebracht. Unterdessen suchte eine Sondereinheit das Gebäude nach dem Verborgenen Raum, wo sich die Kinder aufhalten sollten. Nach ca. einer Stunde wurden die Beamten im Untergeschoss endlich fündig. Eine geheime Tür hinter einem Bücherregal wurde entdeckt und aufgebrochen.

Den Beamten eröffnete sich ein Raum, dessen Gestaltung eines Kellergewölbes glich. Auf Feldbetten lagen die Kinder in einem desolaten Zustand. Eine spärliche Beleuchtung gab die apathischen Körper der Kinder frei. Herbeieilende Sanitäter kümmerten sich sofort um die beiden Mädchen und den kleinen Jungen.

Eine Fahndung nach dem Hausherren und seinem Chauffeur war bereits ausgeschrieben und die Spurensicherung nahm ihre Arbeit auf. Insbesondere überraschte die obere Etage, die als Partyraum und Spielzimmer der besonderen Art genutzt wurde. Nur zu deutlich konnte man an diesen Räumlichkeiten die Neigung der Herren erkennen. Die Priorität lag daran, die Morde an den drei anderen Kindern zuzuordnen und nachzuweisen. Aber das würden die forensischen Untersuchungen darlegen.

Part 13

Auf allen Kanälen konnte man am Abend die Ereignisse des Tages verfolgen. Dank Dorothys Reportage vom Mittag blieb der Polizei nichts anderes übrig auch die Morde an dem Richter und dem Polizeichef in Zusammenhang mit dem Fall zu bringen.

Hervorgehoben von der Polizei wurde die Befreiung der drei vermissten Kinder. Ihnen galt es nun alle erdenkliche medizinische und psychologische Hilfe zukommen zu lassen, und sie vor der Presse zu schützen.

Zu ihrer Sicherheit wurden sie mit ihren Familien an einen unbekannten Ort gebracht. Sicher war es nur eine Frage der Zeit, bis die Presseleute ihren Aufenthaltsort herausbekommen aber bis dato waren sie geschützt.

Von Dr. Tampler und seinem Chauffeur fehlte weiterhin jegliche Spur. Die folgenden Tage verliefen ruhig, lediglich hier und da erschienen kleinere Berichte mit Spekulationen über das Treiben der SM-Gruppe auf Dr. Tamplers Anwesen.

Erst eine Woche später fiel Tom ein kleiner Bericht in der Tampa Tribune ins Auge.

„Pamela Mc Queen, die Gründerin und Geschäftsinhaberin, von der Fast Food Kette „Mc Queens" sowie „Mc Queens Catering" wurde, gestern Morgen Tod in ihren Garten aufgefunden. Nach Angaben der Polizei starb sie an einem Schlangenbiss."

Tom konnte nicht glauben, was er eben gelesen hatte, und wiederholte den kleinen Artikel mehrmals. Ja, eindeutig war Pam damit gemeint, daran bestand keinerlei Zweifel. Es war schon sehr spät am Abend und Tom wusste, dass er weder Linda noch Peggy im Restaurant erreichen würde.

Mona saß in ihrer Leseecke und war in ihrem Buch vertieft, als sie Tom unterbrach, um ihr diese Neuigkeit mitzuteilen.

»Oh mein Gott Tom, hast du Linda schon angerufen"

»Nein, es ist schon spät und da wollte ich nicht stören. Ich denke sie hat gerade andere Sorgen. Ich werde morgen ins Restaurant fahren, und wenn ich sie dort nicht antreffe, werde ich sie Privat kontaktieren. Sicher wird Peggy den Laden schmeißen, mit etwas Glück bekomme ich von ihr schon einige Informationen.«

Tom wollte gerade das Haus verlassen als Mona ihn nochmals zurückrief.

»Tom, Bill ist am Telefon. Kommst du noch mal?«

»Na Logo, bin sofort da.«

»Hi Bill, was gibt es? Ja, …gestern …nein ich wollte eben ins Restaurant fahren, mir von Peggy ein paar Informationen holen, na Logo, ich ruf dich anschließend zurück.«

»Ha, Bill war wohl neugierig«, meinte Mona und grinste Tom an.

»Ja, das ist wohl seine Anwaltsseele, die in ihm steckt.«

»Aber denk daran, ich möchte auch wissen, wie es dazu kam«, sagte Mona lächelnd und gab Tom einen dicken Kuss.

»Gut, ich werde eine Pressemeldung herausgeben«, antwortete Tom und verabschiedete sich.

Knapp eine Stunde später stand Tom im Laden und sprach mit Peggy. Wie erwartet war Linda nicht im Geschäft.

»Ich weiß auch nicht viel Tom. Pam hat angeblich abends im Garten gearbeitet und musste wohl beim Graben auf eine Schlange getroffen sein. Das war es dann mit ihr. Erst am Morgen hat sie die Nachbarin vom Fenster herausgesehen, wie sie vor der Gartenhütte lag. Der Notarzt konnte nur noch ihren Tod feststellen.«

»Pam hat was?«, rief Tom etwas lauter aus. Im normalen Ton setze Tom seinen Satz fort.

»Pam soll in ihrem Garten gearbeitet haben? Das kann ich nicht glauben. Sie hat einen Garten Service. Sie verabscheute Gartenarbeit.«

»Keine Ahnung Tom, so habe ich es von Linda gehört. Du wolltest doch eh mit ihr sprechen. Frag sie halt. Sie müsste im Haus von Pam sein.

Ich muss gleich in Pams Laden nach dem rechten sehen. Im Augenblick hängt alles an mir bis Linda wieder voll einsatzbereit ist.«

»Ja klar, ich fahr dann mal zu Linda, hoffentlich treffe ich sie dort an. Halt die Ohren steif Peggy, wir sehn uns.«

Tom informierte noch Mona und Bill, bevor er zu Pams Haus fuhr, um Linda zu treffen. Tom schaute nicht schlecht, als er bei Pam eintraf. Vor ihrem Haus standen zwei normale Polizeifahrzeuge, ein Polizei Van sowie Lindas Auto.

Tom parkte seinen Van drei Häuser weiter, um den Verkehr nicht zu behindern. Es war zwar eine Nebenstraße aber Tom wusste nicht, ob noch eventuell ein Rettungswagen kommen kann.

Kaum hatte Tom das Haus erreicht, fuhr noch ein Leichenwagen der Gerichtsmedizin vor. Eiskalt lief es ihm nun den Rücken herunter und die Frage stellte sich, was wohl jetzt geschehen war, dass diesen Auflauf verursachte.

Tom zögerte noch, ob er das Haus betreten kann oder sein Vorhaben lieber verschieben sollte.

Irgendwie fühlte er sich fehl am Platz, doch seine Neugier lies ihn zögern. Ratlos stand er bewegungslos auf der Auffahrt und starrte auf den Eingang.

»Tom...Tom.« Das Rufen seines Namens riss Tom aus seiner Starre. Er drehte seinen Kopf in Richtung aus der die Stimme zu ihm klang. Links neben dem Haus, wo das Tor zum Garten war, kam Ron auf Tom zu.

»He Tom, was machst du denn hier«, fragte Ron freundlich.

»Hi Ron, ich habe von Pams Tod gehört und wollte Linda mein Beileid aussprechen. Immerhin sind sie sehr gute Kunden von mir.«

Ron nahm Tom am Arm und ging etwas abseits, um mit ihm in Ruhe zu reden.

»Weißt du, Pam wurde vor zwei Tagen tot vor ihrer Gartenhütte gefunden. Neben ihrer Gartenhütte war ein Loch gegraben, welches ungewöhnlich groß und tief war. Wir konnten keine Pflanze finden, die sie dort aus oder eingraben wollte. Demzufolge stellte sich die Frage was hat sie dort gesucht?

Zumal sich die Grabung auch etwas unterhalb des Fundamentes ausweitete. Also haben unsere Jungs noch etwas weiter gegraben und sind auf eine Leiche gestoßen. Alles Weitere werden die Untersuchungen ergeben.«

Tom war sprachlos, die Ausführungen von Ron brachten die Rädchen in seinem Gehirn zum Rotieren.

»Hmm... wie ich hörte, wurde die Hütte kurz nach dem Verschwinden ihres Ehemannes gebaut. Ron kannst du dir vorstellen, dass es sich um seine Leiche handelt?«

»Das wäre schon möglich, zumindest ist es ein Ausgangspunkt, nach dem die Pathologen suchen können. Woher hast du die Information?«

»Ach, man hört so vieles, wenn man in der Nachbarschaft arbeitet. Ist Pam tatsächlich an einem Schlangenbiss gestorben?«

»Ja. Sie hatte ausreichend Gift von einer Coral Snake im Blut und einige Bisse im Bein. Die Jungs haben auch unter der Hütte ein Schlangennest gefunden. Also schließen wir erstmal eine Fremdeinwirkung aus.«

»Wie hat es Linda aufgefasst? Ist sie im Haus?«

»Nein, sie hatte einen Zusammenbruch und ist vor einer Stunde mit dem Rettungswagen ins Memorial Krankenhaus gekommen.«

»Na gut, dann möchte ich hier nicht länger stören. Wir hören voneinander.«

Tom hob die Hand zum Abschied und wollte gehen.

»He Tom ... danke nochmals für eure Tipps. Ich weis immer noch nicht, wie ihr an die Informationen kommt.«

Tom drehte sich kurz um und schmunzelte. »Das erzähle ich dir später mal Ron, ok?«

Ron schüttelte nur mit dem Kopf und ging zurück in den Garten. Tom schlenderte zu seinem Auto, stieg ein und fuhr nach Hause. In seinem Kopf drehten sich wieder die Rädchen auf Hochtouren. Irgendwie passte, dass alles nicht zu Pam so wie er sie all die Zeit kannte. Aber er hätte es auch nicht für möglich gehalten, das Pam auf ihrer dunklen Seite, Madame Pain ist.

Die Erlebnisse der letzten Wochen verfolgten Tom in seinem Schlaf. Kaum eine Nacht verging ohne das er in seinen Träumen nach Gerechtigkeit strebte.

Ausgerechnet Tampler entging dem Zugriff der Polizei. Obwohl er wusste, dass das FBI fieberhaft nach ihm suchte, ließ es Tom keine Ruhe. Oft saß er in der Nacht im Wohnzimmer und überlegte, wie ihm die Cin-Box bei der Suche helfen könnte. Aber was brachte Tom die Vergangenheit. Er wusste noch nicht einmal, wo sich Tampler aufhielt.

Mona und Tom saßen bei einem ausgiebigen Frühstück im Esszimmer, so wie es am Wochenende bei den Beiden üblich war. An diesem Wochenende wollten sie endlich einmal ganz und gar abschalten ohne jegliche Arbeiten im Haus oder im Garten. Endlich mal erholen von all den Aufregungen der letzten Wochen. An Liebsten in irgendein kleines Hotel am Strand, wo niemand die Beiden kannte.

Tom verdrehte die Augen, als die Türglocke einen Besucher ankündigte.

»Lieber Gott, lass es keinen Kunden sein oder einen Nachbar der dringend Hilfe braucht.«

Mona schmunzelte, »soll ich sagen du schläfst noch?«

»Nein, schon ok. Ich werde das Kind schon schaukeln.«

Tom erhob sich und öffnete die Tür. Vor ihm stand ein alter Mann, sein langes graues Haar, war zu einem Pferdeschwanz gebunden. Sein Gesicht war faltig und vom Wetter gegerbt. Seine tiefblauen Augen musterten Tom von oben bis unten. Für Tom hatte er eindeutig eine Indianische Abstammung.

»Kann ich helfen?«, fragte Tom freundlich aber sein Gefühl sagte Tom, dass etwas auf ihn zukam, womit er nicht gerechnet hat und auch gar nicht wollte.

»Achat? ... meine Name ist Kaga. Ich habe einen weiten Weg hinter mir, um mit dir persönlich zu reden.«

Tom lief es kalt den Rücken herunter. War es möglich, dass dies der Mann war, der hinter der Cin-Box her war? Wenn ja, hätte er jetzt die beste Möglichkeit Tom anzugreifen. Aber sein ganzes Erscheinen und Auftreten machte auf Tom einen friedlichen Eindruck.

Kaga erkannte die Zweifel in Tom. Um Tom zu beruhigen, reichte er Tom seinen Arm zu einem Brüderlichen Gruß.

»Ich komme in friedlicher Absicht Achat. Meine Brüder im Norden erzählten mir, dass du eine Gute Seele hast und Ehrenwert handelst. Du sagtest ihnen, dass du mit mir das Gespräch suchst und so baten sie um etwas Zeit.«

Tom fiel ein Stein vom Herzen. Es war also möglich den Konflikt friedlich zu lösen.

»Achat, ich wollte nicht warten, bis du das Gespräch mit mir suchst. Ich möchte dir gerne Helfen deine Mission zu beenden. Auf das deine Seele ruhe finden kann.«

Für Tom war das Eis gebrochen, er bat seinen Besucher ins Haus.

Mona stand schon eine Weile hinter Tom und lauschte dem Gespräch. Nachdem Kaga im Wohnzimmer stand, begrüßte auch Mona ihn herzlich. Auch ihre Bedenken ihm gegenüber wich bei seinen Worten. Mona erinnerte sich an New Hempshire, dass vor Gesprächen oder Ritualen immer eine gemeinsame Mahlzeit eingenommen wurde.

»Kaga, würden sie uns bitte die Ehre erweisen ein Frühstück mit uns einzunehmen?«

»Ja gerne Mona, mir kam schon zu Ohren, dass ihr unsere Lebensweise und Gebräuche respektiert. Das ist auch der Grund, weshalb ich euch kennenlernen wollte.«

Rasch war ein weiteres Gedeck aufgelegt und Mona verschwand in der Küche. Da es sich um einen offenen Raum handelt, war das Esszimmer von der Küche nur durch einen Counter getrennt. Während Tom und Kaga sich über den Pow Wow in New Hempshire unterhielten, bereitete Mona fix ein indianisches Gebäck zu, das in Fett ausgebacken wird. Des Öfteren wechselte Kagas Blick von Tom in die Küche, doch als Mona mit dem frisch zubereiteten Gebäck zurückkam, konnte man sein Erstaunen deutlich erkennen. Mona lächelte stolz und Tom war mächtig beeindruckt von seiner Frau. Deutlich konnte man erkennen, dass mit solch einer kleinen Geste eine Freundschaft entstehen kann.

Kaga war sehr beeindruckt, was die letzten Barrieren zwischen ihnen beseitigte. Im Anschluss, nach dem ausgiebigen Frühstück, zogen sich die Drei in das Wohnzimmer zurück. Erst hier bat Kaga Tom, ihm die ganze Geschichte zu erzählen. Wie er zu der Cin-Box kam, sowie sein Erlebnis als Achat in der Vergangenheit, das er aus der Rückführung bei dem Pow Wow in die Gegenwart mitbrachte.

Gut zwei Stunden dauerten Toms Ausführungen, in denen Kaga aufmerksam zuhörte. Nach einigen Minuten, in denen sich Tom und Kaga gegenübersaßen, brach Kaga das Schweigen.

»Ich verfolge den Weg deiner Cin-Box schon seit vielen Jahren, genau genommen seit einigen Jahrzehnten. Mein Großvater erzählte mir, als ich noch jung war, dass sie erstmals auf dem Trail of Tears von der Kavallerie entwendet wurde.

Ich kenne nur zu gut die Geschichten der Schicksale wie sie einst deiner Schwester und dir erging. Immer wieder gelang es einzelnen Medizinmännern die Cin-Box zurück zu bekommen, bevor sie zerstört wurde. Trotz allem gelang sie wieder und wieder in die falschen Hände. Oft konnte sie nach dem Tod des Besitzers nicht an den rechtmäßigen Erben weitergegeben werden.

Mittlerweile kennst du ihre Bedeutung und die Kraft, die in ihr steckt. Ich möchte dich lehren, die volle Kraft der Cin-Box zu nutzen, um deine Mission zu beenden, die du vor langer Zeit geschworen hast.«

Tom wusste erst gar nicht, was er dazu sagen sollte. »Ja aber ich bin davon ausgegangen, dass du die Cin-Box in deinen Besitz bringen wolltest.«

»Das war nach meinem vorherigen Wissen soweit richtig Achat. Für die Unannehmlichkeiten möchte ich mich auch entschuldigen. Viele Männer hatten schon die Cin-Box in ihren rechtmäßigen Besitz, kannten aber weder ihre Kraft noch ihren Nutzen. In deinem Fall hat wohl die Cin-Box von alleine ihren rechtmäßigen Besitzer gefunden. Es ist jetzt deine und nur du solltest sie weitergeben.«

»Kaga, sobald meine Mission erfüllt ist, sehe ich keinerlei Verwendung mehr dafür. Es währe für mich eine große Ehre, wenn du mir helfen könntest, im Anschluss einen geeigneten Erben zu finden. Ich respektiere und schätze zwar deine Kultur und Bräuche, bin aber unter anderen Umständen aufgewachsen. Ich würde die Cin-Box liebend gerne an jemanden weitergeben, der in deiner Kultur lebt und sie in seiner Familie weitergeben möchte.«

»Wenn dies dein Wunsch ist, Achat, bin ich gerne bereit dir dabei zu helfen. Auch wenn die Umstände mit unseren Kulturen zwei Wege gehen, werden wir im Herzen Brüder bleiben. Die Zeit verändert alles, aber die Seele, die in dir ruht, bleibt die Gleiche, egal durch wie viele Leben du gehst.«

Mona hatte sich in der Zwischenzeit zurückgezogen und bereitete das Mittagessen vor. Mit Steak, Salat und Sweet Potato konnte sie keinesfalls etwas falsch machen. Und bevor sie Platzte, musste sie unbedingt Kate anrufen, um ihr von dem außergewöhnlichen und unerwarteten Besuch zu berichten. Damit auch Kate nicht vor Neugier sterben musste, lud sie Kate und Bill kurzerhand zum Essen ein. Im Anschluss betrat sie wieder das Wohnzimmer.

»Kaga, ich habe mir erlaubt das Essen vorzubereiten und unsere Freunde Kate und Bill eingeladen. Ich würde mich freuen sie dir vorstellen zu dürfen. Tom würdest du bitte das Grillen der Steaks übernehmen?« Tom fand Monas Idee super, bevor er sich erhob, fragte er noch seinen Gast.

»Kaga, du würdest uns eine Freude bereiten, wenn du für die nächsten Tage unser Gästezimmer in Anspruch nehmen würdest. Du hattest eine weite Reise und wolltest mir die Kraft der Cin-Box lehren.«

Tom fiel ein Stein vom Herzen als Kaga dankend zusagte. Er zeigte Kaga das Gästezimmer, welches über ein eigenes Bad verfügte und lies ihn alleine.

Am Nächste morgen befand sich Kaga schon auf der Terrasse und meditierte, als Tom aus dem Schlafzimmer kam. Um ihn nicht zu stören, half er Mona in der Küche das Frühstück vorzubereiten. Der gestrige Abend war ausgiebiger verlaufen als erwartet.

Wie versprochen, gab Kaga Tom die ersten Informationen über die Kräfte, die in einer Cin-Box lagen. Kaga öffnete darauf seine Umhängetasche, die aus Naturfasern gefertigt war, und holte seine Cin-Box heraus. Tom staunte nicht schlecht, als er feststellte, dass sie in der Größe, Form und dem Aussehen in nichts mit seiner zu vergleichen war. Kaga erklärte Tom wie wichtig die Pflege, der Umgang und die Rituale vor dem Gebrach der Cin-Box sind.

Am Nachmittag lehrte er Tom einige Meditationen, die Tom vor dem Gebrauch durchführen sollte, sowie das Rezept für ein Getränk, das die Wirkung um ein vielfaches verstärkt.

Geduldig sog Tom alle Informationen in sich auf und fragte aufmerksam nach, sofern er einiges nicht verstand. Besonders als es darum ging, den Sinn und Zweck des Gebrauchs einer Cin-Box einzusetzen. Außerordentlich erstaunt war Tom, als er lernte, dass er nicht nur in die Vergangenheit reisen konnte.

Nein, mit einigen Tricks konnte er ebenso in die Gegenwart und mit viel Übung in die unmittelbare Zukunft gelangen. Es handelte sich zwar nur um einige Stunden, aber die könnten sehr entscheidend sein.

Kaga erkannte sofort, dass hier der Knackpunkt zu Tom seiner Mission liegt. Da er jetzt Toms Geschichte kannte, ahnte er, dass Toms begehren die Ergreifung und Bestrafung von Dr. Tampler war. Gemeinsam unternahmen Tom und Kaga einige Reisen an die Tatorte um das erlernte richtig anzuwenden.

Um dem ganzen Übel auf den Grund zu gehen, schlug Kaga vor, an den Ausgangspunkt der Geschichte zu gehen. Dem Trail of Tears, an dem Achat sein Leben für seine Schwester gab.

Tom kannte weder den Ort noch die Zeit an dem sich das damalige Geschehen ereignete. Nur wie es geschah, konnte er am eigenen Leib spüren. Kaga lehrte Tom, wie man an einen bestimmten Punkt der Welt zu einer bestimmten Zeit gelangt, was bis dato nicht bekannt war. Erst hier und jetzt konnte Tom das Geschehen aus anderen Auge miterleben, das ihm von der Rückführung aus New Hempshire bekannt war.

Angewidert sah er in das Gesicht des Kavalleristen, der gewaltsam Achats Schwester mit sich nahm. Erst jetzt fiel Tom die Ähnlichkeit mit Tampler auf. Konnte es denn möglich sein, das er ein Vorfahre von Tampler ist?

Völlig fertig brachen Kaga und Tom die Übungen ab und gingen zu Bett. Tom fiel sofort in einen tiefen Schlaf während Mona lange über ihn wachte und mit Kate und Bill telefonierte.

Die Sonne stand schon einiges über dem Horizont als Tom aus seinem Schlaf erwachte. Kaga hatte schon früh das Haus verlassen, um bei Cody einige Kräuter zu besorgen. Heute wollten sie versuchen, Tampler zu finden. Seit der Durchsuchung seines Hauses und der Freilassung der Kinder galt er als verschwunden.

Gegen Mittag kehrte Kaga mit seinen Besorgungen zurück. Auch Bill und Kate befanden sich schon im Haus und baten darum bei der Sitzung anwesend zu sein.

Nach dem gemeinsamen Mittagessen begannen die Vorbereitungen für die Rituale. Im Anschluss begaben sich Kaga und Tom auf die Reise. Keine 20 Minuten später kehrten die Beiden mit einem Positiven Ergebnis aus ihrer Trance zurück.

»Und, wie lief es?«, fragte sofort Bill völlig aufgeregt die Beiden.«

»Würde ich es nicht selber erleben, würde ich die ganze Sache für völligen Blödsinn halten«, antwortete Tom und schüttelte ungläubig seinen Kopf.

»Nun sag schon«, drängelte Bill. Auch Mona und Kate war die Spannung anzusehen.

»Tampler hält sich in einer alten Viktorianischen Villa auf, mitten in Kingston in Kanada. Ich habe sogar die Straße und die Hausnummer. Auch dort gibt es eine Etage, die der in seinem Haus hier gleicht.«

»Na dann las uns doch mal Informant für das FBI spielen«, schmunzelte Bill siegessicher.

»Was wird sich Tampler über einen Besuch der Kanadischen Polizei freuen.«

Nachdem Bill das FBI informierte, teilte er ebenso Ron die Neuigkeiten mit. Noch immer konnte Ron nicht begreifen wie Bill an die Informationen kam aber Bill lies ihn weiterhin im Ungewissen.

Langsam brach die Dämmerung herein und der Verkehr auf der Straße wurde stetig weniger. Nur noch vereinzelt fuhr ein Wagen durch die Bagot Street und passierte die Alte Villa, die im hinteren Bereich des Grundstücks lag. Das mächtige Eisentor war wie üblich verschlossen und versperrte jedem Besucher den Zutritt auf den Kiesweg, der im Bogen zur Villa führt. Erst als eine schwarze Limousine in die Einfahrt bog, öffneten sich automatisch die schweren Flügel und gaben die Zufahrt frei. Langsam rollte die Limousine zur Villa und das Tor verschloss sich wieder hinter ihr.

Axel und Jim hatten die Villa schon einige Tage unter Beobachtung, Stunde für Stunde verbrachten sie auf ihrem Posten und notierten jede Bewegung, die sich auf dem Grundstück tat. Tag für Tag die gleiche Prozedur, bis ihre Ablösung eintraf und die Schicht übernahm. Endlich war es soweit, alle Informationen waren gesammelt und der Zugriff konnte in gut einer Stunde beginnen. Ab jetzt liefen die Vorbereitungen für den Final Countdown.

Alle Kameras, die das Grundstück überwachten, wurden schon vorab von einem Spezialisten angezapft und jetzt auf ein Standbild gesetzt. Lediglich die Kamera, die auf das Tor gerichtet war, zeigte einen Film, der Tage zuvor aufgezeichnet wurde und vorbeifahrende Autos zeigte. Ohne das es in der Villa bemerkt wurde, konnte eine Einheit das Tor öffnen, um mit den schweren Einsatzfahrzeugen an das Haus zu gelangen. Im Nu war die Villa umstellt und der eigentliche Zugriff erfolgte.

Lediglich eine Person versuchte sich ihrer Festname zu entziehen, Don wurde jedoch schnell überwältigt und sichergestellt. Da die oberen Räume sehr gut isoliert waren, bemerkte die Gesellschaft, die dort zugange war, erst den Zugriff, als die Beamten die Räume stürmten. Ein bizarres Bild von Sodom und Gomorra zeigte sich hier den Beamten.

Wie die Recherchen der Kanadischen Polizei ergaben, befand sich in ihrer Gewalt, das kleine Mädchen, das vor wenigen Tagen in einem Vorort von Toronto als vermisst gemeldet wurde. Somit wurde die geduldige Vorbereitung mit Erfolg gekrönt. Auch in diesem Fall stellte sich Dr. Tampler als Organisator dieser Gesellschaft heraus. Wenige Tage später wurden Robert Tampler und Don Waslow an die US Behörden ausgeliefert.

Für das kanadische Kingston bedeutete dieser Zugriff das Medienereignis des Jahres. Auch Dorothy berichtete über die Festnahme und bezeichnete Dr. Tampler als den „Schlächter der Reichen." Anhand der Unterlagen, die in seiner Villa in Apollo Beach sichergestellt wurden, konnten weitere hochrangige und Betuchte Herren ihres Vergehens überführt werden.

Zu den Anklagepunkten zählten Freiheitsberaubung, Vergewaltigung, Körperverletzung und Mord. Abgesehen von dem Bekanntgeben ihrer Neigungen würde dieser Prozess in dem prüden Amerika ein großes Aufsehen erregen. Schon jetzt gab es vereinzelt Demonstrationen, die für die Angeklagten die Todesstrafe forderten. Gerade wegen dem grausamen Vorgehen und die Tötung der drei Kinder.

Unterdessen suchte das FBI weiterhin nach den Mördern, die sich als Richter der Vier Täter hielten. Besonders wegen den Staatsanwalt und dem Polizeichef musste das FBI ihr Gesicht bewahren, obwohl ihre Mittäterschaft nachgewiesen werden konnte, wollte man ihren Namen und das Amt, das sie ausübten, in ein besseres Licht rücken. Da es sich nicht nur um Edson und Brower gehandelt hat, musste die Strafverfolgung aufrecht gehalten werden.

Da man weder den Familienangehörigen der Kinder und ihrem Umfeld keine Beteiligung nachweisen konnte, war die Suche recht ergebnislos geblieben. Ron fragte des Öfteren bei Bill und Tom nach, ob er nicht hierzu eine Information erhalten könnte. Worauf beide nur Kopfschüttelnd ihr bedauern aussprachen. Obwohl weder Tom noch Bill

Selbstjustiz für den falsche Weg hielten, sollte das FBI schon selber den Fall lösen. Immerhin war es ihr Job, die Bürger zu schützen und Verbrecher zu jagen.

Das Erscheinen einer Eisernen Jungfrau innerhalb einer Bildstörung von 10 Sekunden führten Toms Gedanken unweigerlich nach Gibsonton in die Welt der Gaukler und Illustratoren. Auch war es nicht üblich, das jemand eine Figur diesem Ausmaßes zu seinen Möbelstücken zählte. Lediglich in Gibsonton sah Tom die Kuriosesten Dinge, die viele dieser Künstler von ihren Reisen mitbrachten, sofern sie nicht zu ihrer Show gehörten. Aber auch bei diesen Gedanken sollte das FBI selbst ihre Ermittlungen führen. Für Tom und Bill war der Fall soweit abgeschlossen, lediglich die Verurteilung von Tampler war von Interesse aber das würde sich noch hinziehen.

Drei Mal klingelte das Telefon in Toms Büro, bevor der Anrufbeantworter ansprang.

»Hallo, hier ist Tom und Mona. Leider sind wir zurzeit nicht erreichbar. Bitte hinterlasse deinen Namen und deine Rufnummer. Wir melden uns, sobald wir zurück sind.«

<u>Nun, wir werden es sehen!</u>

Herzlichst Karl Bergbauer

Glossar

Achak .... Geist

Cherokee .... Indianer Stamm

Chochuschuvio .... Hirsch mit weißem Schwanz

Cin-Box .... Wunsch-Kiste

Gosheven .... Springer

Kaga .... Chronist

Nadie .... Weise

Navajo .... Eine der Athapasken-Sprachen

Nocona .... Wanderer

Pohawe .... Medizinfrau

Pow Wow .... Treffen der Indianer

Quelle:
http://welt-der-indianer.de/

Mein Spezieller Dank

In erster Linie möchte ich mich bei meiner Frau Gaby bedanken. Ihre Geduld, Kritik und ihren Beistand hat dieses Buch zudem gemacht, wie es letztendlich verlegt wurde. Durch sie konnte ich meinen Traum in den USA verwirklichen, woraus ich den Stoff für meine Bücher gewonnen habe.

Weitere Bücher aus dem Haus Bergbauer:

www.gatika.de

„Mein Amerikanischer alpTraum"

Karl und Gaby entscheiden sich für ein neues Leben im Land der unbegrenzten Möglichkeiten, aber der amerikanische Traum hat seine eigenen Regeln und zeigt die Grenzen des Möglichen und wiegt die Vor- und Nachteile in dem neuen Land ab.

Ein Auf und Ab über 11 Jahre beschreibt das erwartete mit der Realität. Allen Emotionen bei Erfolgen und Niederlagen spiegelt sich in dieser Biografie nieder. Auswandersendungen im TV haben leider nichts mit der Wirklichkeit zu tun und so sollte ein solcher Schritt gut überlegt werden, denn es kommt meist anders als erwartet. Ein Abenteuer ist es auf jeden Fall und spannend obendrein, denn man weiß nie, was morgen kommt.

ISBN 978-3-7323-2284-8 (Hardcover)
ISBN 978-3-7323-2283-1 (Paperback)
ISBN 978-3-7323-2285-5 (E-Book)

Verlag: tredition GmbH
https://tredition.de/

„Die Siegerin – Vom Kind zur Frau"

Nicht jede Mutter und nicht jeder Vater sind liebende Eltern.
Der Name Laura bedeutet - die Siegerin.
Laura musste schon sehr früh kämpfen und sie malte sich aus, dass sie eines Tages über alles siegen würde. Trotz aller Schmerzen und Ängste, die sie schon in jungen Jahren erdulden musste. Sie litt unter ihrer herrschsüchtigen Mutter und ihren gewaltbereiten Stiefvater. Sie suchte Schutz bei ihrer Mutter, aber sie fand ihn nicht.

Von ihrer erste Liebe wurde sie nur ausgenutzt.
Erst als Kevin in ihr Leben trat, lernte sie, was Zuneigung wirklich bedeutet, ohne dafür bezahlen zu müssen. Er unterstützte sie bei allem, was sie tat und gab ihr die Kraft voranzugehen. Obwohl manches für beide sehr schwierig war. Er ging mit ihr durch die Zeit der Flashbacks mit viel Geduld.

So hat Laura auf ihre eigene Weise gelernt, mit allen Widrigkeiten umzugehen. Und nur darum kann sie heute mit erhobenen Hauptes als Siegerin in die Zukunft schauen.

Und genau das wünscht sich Laura für jedes einzelne missbrauchte Kind.

ISBN 978-3-7323-5925-7 (Paperback)
ISBN 978-3-7323-5926-4 (Hardcover)
ISBN 978-3-7323-5927-1 (E-Book)

Verlag: tredition GmbH
https://tredition.de/

„Honigblüte am Strand"

Gibt es die einzige wahre Liebe?
Liebesromane bejahen es.
Kann man es an ein paar Zeilen ausmachen?
Was ist, wenn der Alltag Einzug hält?
Wie beständig ist die Liebe dann noch?

Große Philosophen haben versucht, die Liebe zu beschreiben. Es ist ihnen nicht wirklich gelungen. Liebe ist nicht greifbar, man kann sie nicht sehen. Sie ist nicht messbar. Passt sie in einen Roman? Wie lange schreibt man einen Roman? Ein Jahr? Sechs Monate?

Liebe wird beschrieben, als die stärkste Zuneigung und Wertschätzung die ein Mensch dem anderen entgegenbringen kann.
Ein starkes Gefühl und darin liegt der Knackpunkt. Liebe ist ein Gefühl, nicht mehr und nicht weniger. Ein Gefühl ist eine Emotion, die als psychologisches Phänomen zu sehen ist, das durch die bewusste oder unbewusste Wahrnehmung eines Ereignisses oder einer Situation ausgelöst wird. Das kann sowohl Angst, Ärger, Komik Ironie, oder auch Freude und Liebe bedeuten.

ISBN 978-3-7323-5926-4 (Hardcover)

Verlag: Books on Demand GmbH
https://bod.de/

„Die falsche Person" Band 1 der Trilogie.

Mara und Dan arbeiten beide als Bühnenbildner im Schauspielhaus. Dort haben sie sich kennen und lieben gelernt. Dan ist Amerikaner, aber in Deutschland sesshaft geworden. Als er ihr seine Heimat zeigen und seinen Eltern vorstellen wollte, passierte das, womit niemand gerechnet hat. Mara verschwand spurlos. Wo war sie? Was ist passiert?

Paul und Ole freuten sich über ihren perfekt geglaubten Coup. Doch der nimmt tödliche und bedrohliche Formen an. Ein Wettlauf mit der Zeit beginnt. Ein Pressebericht zur falschen Zeit zwingt Captain Pepper zur schnellen Entscheidung. Kann er es noch schaffen?

ISBN 978-3-7345-3095-1 (Paperback)
ISBN 978-3-7345-3096-8 (Hardcover)
ISBN 978-3-7345-3097-5 (E-Book)

Verlag: tredition GmbH
https://tredition.de/

„Anschlag im Schauspielhaus" Band 2 der Trilogie.

 Ein Anschlag mitten in der Premiere erschüttert das Schauspielhaus. Drei Tote 25 Verletzte und davon 8 Schwerverletzte sind zu beklagen. Auch Maras Schwester Ilona wird schwer verletzt. Mara kann das nur schwer verkraften. Wie konnte es dazu kommen? War es ein Terroranschlag. Wird es ein Bekennerschreiben geben? Oder war es ein Einzeltäter? Kommissar Beck steht vor einem Rätsel.

Mara und Dan kamen wie durch ein Wunder mit dem Leben davon. Der Schock sitzt tief. Benno Tanner begeht Selbstmord. War er der Täter? Für Kommissar Beck tun sich mehr Fragen als Antworten auf. Captain Pepper wird um Hilfe gebeten, denn ein weiterer Mord ist geschehen. Wird Kommissar Beck auch diesen Fall souverän lösen? Kann er vermeiden, dass es noch mehr Tote gibt?

ISBN 978-3-7345-3247-4 (Paperback)
ISBN 978-3-7345-3248-1 (Hardcover)
ISBN 978-3-7345-3249-8 (E-Book)

Verlag: tredition GmbH
https://tredition.de/

„Tödliches Spiel einer Frau" Band 3 der Trilogie.

Eine heiße Verehrerin bedrängt Dan. Als Mara ihn in Heidelberg besucht, steht schon wieder diese Frau neben ihm. Die Eifersucht tobt in ihr.

Bricht ihre heile Welt mit Dan auseinander? Kommen die Briefe alle von ihr?
Alfred bekommt Besuch von einer hübschen Lady. Was macht sie in der verruchten Gegend? Vor allem, was will sie von ihm?
Den Vorschlag, den sie ihm unterbreitet, ist ein gefährliches Spiel mit dem Feuer. Sie bietet ihm viel Geld für eine Gefälligkeit.
Ein Mann findet ausgerechnet in Maras Auto den Tod. Wie kann sie das erklären? Hauptkommissar Klausen wird in der Nacht zum Eisernen Steg gerufen, wendet sich hier eine lange Suche zum Showdown?

ISBN 978-3-7431-7895-3 (Paperback)
ISBN 978-3-7431-3304-4 (E-Book)

Verlag: Books on Demand GmbH
https://bod.de/

„Kleine Wunder zur Weihnachtszeit"

Eine fantastische Reise durch die Adventszeit bietet das Buch „Kleine Wunder zur Weihnachtszeit."
Ob es Wüllys Weihnachten betrifft, der lernt, wie toll es ist, wenn man Freunde hat. - Für Paulchen sein größter Wunsch in Erfüllung geht – Ein Weihnachtsfest im Krankenhaus zu einem Erlebnis gemacht werden kann - Ferdinand zum Leben erwacht - Ein kleiner Stern zur Erde saust - Schneeflocken ihren Spaß mit den Menschen haben, oder Fluffi ein neues Leben kennenlernt, um nur einige zu nennen.

Nach mehreren Büchern stellen Gaby & Karl Bergbauer nun ihr gemeinsames Werk vor. Sie wünschen ihren Lesern viel Spaß beim Eintauchen in »Kleine Wunder zur Weihnachtszeit«.

ISBN 978-3-7345-3109-5 (Paperback)
ISBN 978-3-7345-3110-1 (Hardcover)
ISBN 978-3-7345-3111-8 (E-Book)

Verlag: tredition GmbH
https://tredition.de/

„Ein Kobold mit weißen Haaren"

Tinka, der kleine Kobold ist eine Malteserhündin. Sie selbst erzählt aus ihrem Leben. Sie kommt mit 12 Wochen in ihr neues Zuhause. Frauchen und Herrchen hat sie sofort im Sturm erobert. Nicht so die dort lebende Malteserhündin Penny. Sie sieht Tinka als Eindringling in die Dreierbeziehung. Tinka lässt nichts unversucht, um das Herz von Penny zu gewinnen. Nach vielen Hürden und langen Wochen ist es endlich soweit. Sie wurden Freunde, die gemeinsam durch dick und dünn gingen.

ISBN 978-3-8495-9325-4 (Hardcover)
ISBN 978-3-8495-9324-7 (Paperback)
ISBN 978-3-8495-9326-1 (E-Book)

Verlag: tredition GmbH
https://tredition.de/

„Pennys Vermächtnis"

Ist eine wahre Geschichte von einer Malteserhündin, die über die Regenbogenbrücke ging. Sie erzählt noch einmal aus ihrem Leben, wie sie nach langer Ausnutzung als Showhund einfach ihre Identität verlor und regelrecht weggeworfen wurde. Wie sie sich mit ihrem Charme selbst ihre neue Familie aussuchte, wo sie zum ersten Mal in ihrem Leben Liebe und Zuneigung fand. So lernte sie eine ganz neue Welt kennen. Nach einem Umzug in ein fremdes Land schleicht sich Tinka, ein Malteserwelpe ungefragt in ihr Leben. So übernimmt sie doch noch einmal die Mutterrolle mit Bravour.

ISBN 978-3-7323-2456-9 (Hardcover)
ISBN 978-3-7323-2457-6 (Paperback
ISBN 978-3-7323-2458-3 (E-Book)

Verlag: tredition GmbH
https://tredition.de/

„Sternenkuss im Fairyland"

Sternenkuss wagt eine gefährliche Reise, mit dem Ausbruch eines Vulkans in Island. Sicher landete er mit seiner waghalsigen Erfindung im Fairyland. Durch seine Erfindungen wird Sternenkuss auch gerne der Professor genannt. Im Fairyland lernte er seine spätere Frau Silberstolz kennen. Ihre Hochzeit wurde ein rauschendes Fest, wobei sich wieder einmal Herr Nimmersatt zu Dr. Medikus begeben musste.

Gasch der Troll treibt im Fairyland sein Unwesen. Kann man ihm Einhalt gebieten?

Das jährliche Wahlnussschalenrennen für die jüngsten im Fairyland sorgt jedes Jahr für großes Aufsehen. Für die Kinderelfen- und Feen ist das immer eine aufregende Zeit. Es wird sehr spannend im Fairyland.

ISBN 978-3-7431-6433-8 (Paperback)
ISBN 978-3-7431-2361-8 (E-Book)

Verlag: Books on Demand GmbH
https://bod.de/